А. Волков

ТАЙНА ЗАБРОШЕННОГО ЗАМКА

Художник
Леонид Владимирский

«Астрель»
1997

ББК 84.4Р
В67

ISBN 5-7947-0082-3

ИНОПЛАНЕТЯНЕ

Волшебную страну и ее столицу Изумрудный город населяли племена маленьких людей — Жевунов, Мигунов, Болтунов, у которых была очень хорошая память на все, чему они удивлялись.

Удивительным было для них появление девочки Элли, когда ее домик раздавил злую волшебницу Гингему, как пустую яичную скорлупу. Недаром Элли назвали после этого феей Убивающего Домика.

Не менее удивились жители Волшебной страны, когда увидели сестру Элли — Энни. Она тоже явилась им сказочной феей. Прискакала на необыкновенном муле, который питался солнечным светом, а у нее на голове был серебряный обруч, делающий каждого, кто его надевал и прикасался к рубиновой звездочке, невидимым.

И еще много-много чудесных событий случалось в Волшебной стране, о которых могли рассказать ее жители. Только об одном чуде они почти ничего не знали — о том, как их страна

5

стала Волшебной. Ведь она не всегда была отгорожена от остального мира Великой песчаной пустыней и окружена неприступными Кругосветными горами. Не всегда над ней сияло вечное солнце и птицы и звери говорили по-человечески.

Волшебной она стала по желанию великого чародея Гуррикапа.

Гуррикап в те времена был уже стар, думал об отдыхе, ему хотелось покоя и уединения. Поэтому могучий чародей построил себе замок в отдалении от Волшебной страны, у самых гор, и строго-настрого запретил ее обитателям приближаться к своему жилищу, даже само имя Гуррикап вспоминать запретил.

Жители хоть и удивились, но поверили, что Гуррикапу и в самом деле никто не нужен. Проходили века и тысячелетия. Тихие маленькие люди, выполняя наказ чародея, старались не вспоминать о нем, никогда больше не видели его. Так и случилось, что чудеса Гуррикапа постепенно начали забываться.

Зато всякому злу добрые обитатели страны Гуррикапа не умели удивляться и потому недолго его помнили. Уж сколько бед принес им Урфин Джюс, пытаясь завоевать Волшебную страну сначала со своими деревянными солдатами, а потом с многочисленной армией Марранов. И что же?

Лишь только Урфин задумался над своей судьбой и отказался помогать злой великанше Арахне, как добрые жители тут же простили ему все обиды и стали считать его хорошим человеком. Они верили: сотворившему добро хотя бы один раз уже не захочется возвращаться к злым поступкам.

Самое интересное, что так оно и случилось впоследствии.

Ну, а после того, как друзья из Большого мира Энни, Тим и моряк Чарли помогли им победить колдунью Арахну, они снова весело глядели на небо, ярко-ярко-синее, где и в помине не было желтого тумана, посланного Арахной.

Славные обитатели Волшебной страны опять жили спокойно и счастливо, ниоткуда не ожидали опасности. А она приближалась и — кто бы мог подумать? — именно с ясного неба.

Грозный космический звездолет с планеты Рамерия уже приближался к Земле. Он мчался в мировом пространстве с неслыханной скоростью — сто пятьдесят тысяч километров в секунду. И, как записал в бортжурнале звездный штурман инопланетянин Кау-Рук, «бороздил межзвездную пустыню семнадцать лет». За это время космический корабль преодолел огромный путь, который свет — самый быстрый гонец во Вселенной (способный пронестись со скоростью триста тысяч километров в секунду) — прошел бы за девять лет. Так велико было расстояние от Рамерии до Земли.

Но чужестранные звездонавты даже не замечали полета. Для них время остановилось с того момента, когда почти весь экипаж корабля был приведен в состояние анабиоза — так называют длительный сон при глубоком переохлаждении — и погружен в специальные отсеки полетного сна. Там звездонавты безмятежно спали добрых семнадцать лет.

Время потеряло свою власть над людьми — это было настоящее чудо. Если бы звездонавтов разбудили даже через тысячу лет, и тогда они бы проснулись точно такими, какими погрузились в сон.

Непосвященному отсеки казались гигантскими холодильниками с множеством ячеек, в каждой из которых находился член экипажа. Полированные поверхности ячеек сверкали зеркальным блеском, и, если приглядеться, на них то тут, то там проступали красные, синие, зеленые краны регулирования и еще мигали разноцветные огоньки — то были лампы контролирующей аппаратуры.

Между тем штурман Кау-Рук, сидя в космической обсерватории, вычислял положение корабля в пространстве и отмечал курс на звездной карте. Кроме Кау-Рука, бодрствовали еще три человека: командир звездолета генерал Баан-Ну — он проверял в рубке корабля показания приборов; врач Лон-Гор — он наблюдал за состоянием спящего экипажа, следил за температурой, влажностью, регулировал содержание кислорода, подачу охладителя — жидкого гелия; да еще летчик Мон-Со, верный помощник генерала, самый точный исполнитель его приказов, ни разу не допустивший каких-либо возражений или оговорок.

Тишина в отсеках полетного сна казалась вечной. Лишь изредка в каюте врача раздавался требовательный сигнал сирены, тогда Лон-Гор торопливой, но неслышной походкой проскальзывал к отсекам, поворачивал нужный, зеленый, красный или синий, кран, и опять наступала тишина.

Мон-Со было нечего делать, его летчики спали в отсеках; книг он читать не любил, поэтому сам с собой играл в крестики и нолики в каюте. Иногда Мон-Со бродил коридорами корабля или гонял там мяч, но только когда все уже спали. Он был вратарем футбольной команды и просто не мог обходиться без тренировок. На Рамерии все были приучены к спорту.

Четверо звездонавтов, несущих космическую вахту, каждое утро занимались особой полетной гимнастикой и здесь, на корабле. Изредка опаздывал на спортивные занятия Кау-Рук, когда зачитывался какой-нибудь интересной книгой. Необязательно рассказом об истории народа, о каком-нибудь необычном характере человека или о приключениях, Кау-Рук с не меньшим увлечением читал книги по технике.

— Кау-Рук — самый способный человек вашего экипажа, — сказал генералу перед отлетом Верховный правитель Рамерии Гван-Ло. — Не назначаю его командиром звездолета по одной причине: в нем мало исполнительности.

Но все-таки заместителем командира штурман Кау-Рук был назначен.

ПРОБУЖДЕНИЕ ИЛЬСОРА

Для командира Баан-Ну, летчика Мон-Со, для звездного штурмана и бортового врача время не прошло незаметно: в полете они постарели ровно на семнадцать лет. Правда, возраст на Рамерии исчислялся иначе: жили там люди в три раза больше, чем на Земле. Поэтому четверо звездонавтов, несущих вахту на корабле, по рамерийскому счету оставались молодыми, полными сил.

Никем другим, кроме бодрствующих звездонавтов, покой огромного космического корабля не нарушался, в его каютах, служебных залах, машинном отделении, коридорах было пусто, оттого он казался необитаемым.

На самом деле на звездолете не спал, вернее, находился в

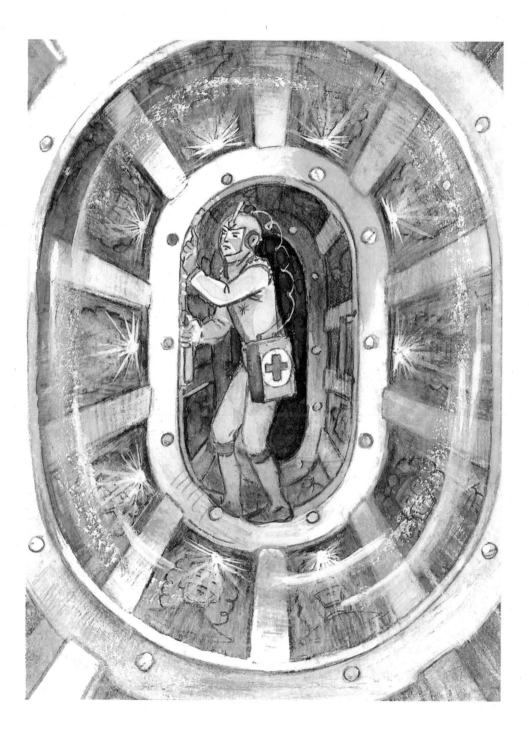

состоянии пробуждения еще один человек — Ильсор, слуга генерала Баан-Ну. Его разбудили по приказу генерала. Баан-Ну дошел до последнего изнеможения, так устал обходиться без слуги, что давно уже был недоволен всем окружающим: двери, по его мнению, слишком громко хлопали, ручки и фломастеры писали плохо, еда, извлеченная из консервных банок, была невкусной, а постель совсем жесткой. Командир скорее заставил бы прислуживать себе врача Лон-Гора, чем согласился вытерпеть еще каких-нибудь несколько недель до всеобщего пробуждения космического экипажа. Он не привык одеваться сам и следить за своей внешностью, поэтому его рыжая всклокоченная борода разрослась до фантастических размеров; куртка, которую он натянул на комбинезон (очевидно, она заменяла мундир), оказалась без пуговиц; комбинезон — без «молнии» и смятый в гармошку; на локтях у генерала висели лохмотья, потому что он все время цеплялся за какие-то острые углы, крючки; к тому же Баан-Ну не затруднял себя распознаванием левого и правого сапога: правый сапог у него неизменно оказывался на левой ноге, а это было чрезвычайно неудобно даже для генерала.

Лон-Гор долгое время до отказа крутил сначала один кран, затем другой, потом еще выжидал, пока все разноцветные лампочки не перестали мигать, показывая полное размораживание. Наконец, блестящая полировкой ячейка раскрылась, замурованного в ней Ильсора Мон-Со и Кау-Рук по приказу командира приподняли и перенесли из отсека в каюту врача.

— Ну, лежебока, вставай, — радостно приговаривал генерал, когда Ильсора несли из отсека под наблюдением Лон-Гора.

Ильсор пробуждался медленно, чуть-чуть покачиваясь на подвесном надувном матрасе, похожем на койку-гамак, какие обычно бывают у матросов в кубрике.

Ильсор занимал особое положение: он был не только хорошим слугой при генерале, но и прекрасным изобретателем. По его проекту построен звездолет, на котором менвиты летят к Земле. Он называется «Диавона», что на языке избранников значит «Неуловимый».

Ильсор спал. Вдруг он вздрогнул, однако не проснулся и глаз не открыл. Он только почувствовал, как к нему наклонился Баан-Ну. До Ильсора долетел как будто из бочки голос бортового врача. Лон-Гор несколько раз повторил:

— Пробуждение требует времени, пробуждение требует времени.

Генерал наверняка не верил, что слуге требовалось какое-то время, потому что сделал нетерпеливое движение: протянул руку к Ильсору и изо всех сил тряхнул его за плечо. Слуга должен был тотчас же вскочить по первому его слову. Однако, в конце концов поняв, что от тряски мало проку, Баан-Ну отступил.

АРЗАКИ И МЕНВИТЫ

Ильсор еще не понял, что находится на звездолете. Он пробуждался, и это было похоже на то, как будто перед его глазами заново пробегала жизнь на Рамерии. Он видел далекую родину. Видел свой народ — арзаков, их напоминавшие обломки скал дома у Серебряных гор. Серебром отливают не только горы, всю Рамерию покрывает мягкий струящийся белый свет. Серебристы почва, трава, деревья и кустарники, кажется, дотронься рукой до листьев — и они зазвенят.

Арзаки очень приветливы — они доверчивы, как дети. И глаза у них внимательные, широко распахнутые.

Арзаки талантливы. Среди них много художников, врачей, ученых, писателей, конструкторов и инженеров, учителей. Арзаки не только многое умеют, они просто не могут не делиться тем, чего добиваются сами, со своими соседями менвитами и делают это с великой радостью. Но менвиты — люди коварные.

У менвитов есть Верховный правитель Гван-Ло, он еще и колдун. Он обладает гипнотическим повелевающим взглядом и может приказать любому сделать то, что захочет. И только человек начнет протестовать, как Гван-Ло посмотрит ему в глаза — и тот сразу умолкнет. Это колдовское искусство Верховный правитель унаследовал под страшным секретом

от своих предков и обучил ему менвитов. Он ведь сразу обратил внимание на то, что арзаки — талантливый народ.

«А неплохо бы, — подумал Гван-Ло, — этот талант заставить работать на нас».

Еще раньше Верховный правитель понял, что арзаки — воспитанный народ, когда разговаривают, глядят прямо в глаза. И нет ничего проще применить колдовство, когда глядят прямо в глаза.

— Поплатитесь, голубчики, за свою воспитанность, — даже промурлыкал от удовольствия Гван-Ло, — все вы уже рабы и, полагаю, будете нам верно служить.

Менвитов он стал уговаривать, что они — избранная раса Вселенной, что им все можно. Другие разумные существа созданы лишь повиноваться им. И уговорил. Менвиты провозгласили себя господами-избранниками, арзаков же — рабами.

Это очень печальная страница истории арзаков.

Прежде всего, избранники отняли у арзаков их распевный выразительный язык.

То есть сначала-то они обучили арзаков менвитскому языку, не так, чтобы объясниться с пятого на десятое, объясняться с менвитами арзаки давно умели. Но теперь менвиты добивались, чтобы арзаки знали их язык в совершенстве, как свой родной. Главное, что и усилий не потребовалось. От природы любознательные, арзаки сами проявляли большой интерес к языку соседей. Не ведая опасности, они все хорошо запоминали и очень скоро одинаково свободно говорили как на своем языке, так и на языке избранников.

Тогда менвиты запретили им разговаривать на арзакском языке, закрыли арзакские школы. И сделали вот еще что.

Притворились, будто приглашают арзаков в гости, устроили пир в парке дворца правителя, а там, на этом пиру, применили к арзакам свои колдовские команды. Ильсор хорошо помнит первую команду менвитов, она неизменно одна и та же:

— Гляди мне в глаза, гляди мне в глаза, повинуйся мне, чужестранец!

С этой команды начался мнимый пир. Арзаки, как люди воспитанные, глядели в глаза и были все заколдованы. Им приказали совсем забыть

родной язык, и арзаки забыли. Случилась и более страшная беда. Избранники приказали забыть, что арзаки — свободные люди, и те забыли.

Они по-прежнему оставались изобретателями, учеными или художниками. Свои замыслы они сами и осуществляли, потому что привыкли работать не только головой, но и руками.

Вот так и получилось, что не одни превосходные полевые машины, станки, прекрасные произведения искусства, но и техника звездоплавания, космические корабли менвитов — все было создано руками арзаков. Однако, странное дело! Их открытиями и знаниями пользовались отныне менвиты. Они заняли значительные должности в промышленности и сельском хозяйстве по всей Рамерии. Они назывались инженерами, врачами, педагогами, агрономами, хотя исполняли везде — на полях, на фабриках, в учреждениях — одну роль — надсмотрщиков. На самом деле всем, чем считали себя менвиты, были, конечно, арзаки, но, что-то открыв, изобретя, создав, они тут же забывали про это. Они как будто сами признали, что не годятся больше ни для чего, как только исполнять роль рабочей силы: они мыли, скребли, ткали, пасли скот, растили хлеб, работали на станках, еще были слугами или поварами. И они действительно верили, что, кроме работы, которую избранники зовут черной, у них никаких других дел нет. Так уж постарался колдун Гван-Ло.

Командир Баан-Ну — из менвитов. В нем есть то, что характерно для расы избранников. Он очень высокий силач, гордо носит на широких плечах большую круглую голову.

Менвиты — сильные, красивые люди. Кроме страсти к физкультуре, у них особое отношение к одежде. Она должна быть обязательно нарядной и ладной, иначе менвит окажется в таком плохом настроении, что и тысяче весельчаков его не исправить.

Лицо Баан-Ну могло быть даже приятным, если бы не ледяное выражение, сковавшее сами глаза, сделавшее их как будто неподвижными.

Менвиты уверены в себе, но такое выражение проступает не только от отношения к другим свысока. Менвиты совершили много недоброго по отношению к арзакам, они навязали им свою волю, и чем больше плохих поступков у избранника, тем холоднее его глаза.

Ильсор знает гипнотическое действие взгляда менвита, когда человек, стоящий перед избранником, совсем теряет волю и идет за ним послушным рабом, все на свете забывает, кроме одного, что он раб и перед ним его господин.

Среди спящих звездонавтов на корабле есть арзаки: слесари, бурильщики, электрики, строители и другие рабочие, без которых менвиты не смогут основать базу на Земле.

Руководить работой арзаков в еще неясных земных условиях будет Ильсор, который на время работ, помимо слуги генерала Баан-Ну, станет еще главным технологом.

Менвиты доверяют Ильсору. Он бесконечно добр. Он — самый послушный раб. Нет такого дела, с которым бы он не справился. И он никогда никуда не сбежит, потому что просто не сможет этого сделать, как думают менвиты, не спросив разрешения.

Ильсор окончательно просыпается, спрыгивает с койки.

— Мой генерал, — отвешивает он низкий поклон входящему в каюту врача Баан-Ну. — Рад вам прислуживать.

— Я знаю, — снисходительно кивает генерал, хотя в душе ликует, потому что Ильсор без замедления приведет его в наилучший вид. — Я знаю, — повторяет он, — ты предан мне до конца.

Ильсор наклоняет голову в знак согласия, но тут же, решив, что этого мало, еще раз поспешно кланяется.

НА БОРТУ ЗВЕЗДОЛЕТА

Астрономы Рамерии, наблюдая в сверхмощные телескопы различные планеты, заинтересовались Землей, или Беллиорой, как они назвали Землю по-своему. Они

15

утверждали, что Беллиора не отличается по своей природе от Рамерии.

Посланцы планеты Рамерия должны были проверить, есть ли жизнь на Земле. Но полет «Диавоны» не планировался как научная экспедиция. Менвиты летели на Землю с воинственной целью: покорить новую планету.

Уже включили тормозные двигатели, Ильсор это угадывает по легкому дрожанию корабля. Врач Лон-Гор приступил к всеобщему пробуждению экипажа. И сразу отсеки звездолета, которые казались до этого пустынными, сделались тесными и многолюдными. Потягиваясь и зевая, из них выходили астрономы, геологи, инженеры, летчики, разбуженные после семнадцатилетнего сна. Только рабочие-арзаки оставались на своих местах, им не разрешили пока покидать отсек. Корабль напоминал теперь растревоженный муравейник, люди сновали туда и сюда во всех направлениях.

Как только разбуженные немного пришли в себя, Баан-Ну собрал менвитов в демонстрационном зале космического корабля.

— Именитые братья! — торжественно обратился он к собравшимся. — Нам доверено великое дело — завоевание цветущей планеты Беллиоры. Она должна быть цветущей по предсказанию наших астрономов.

На Рамерии были такие игрушки — божки с качающимися головами, арзаки вырезали их из камня для детей менвитов. Так вот, как послушные божки, астрономы все вместе закачали головами, соглашаясь с Баан-Ну.

— Наше дело очень простое, — продолжал генерал, — мы опустимся в любом месте Беллиоры и начнем возводить город.

Баан-Ну не сказал бы так просто, не будь штурмана. Командира всегда тянуло к красочным описаниям опасностей, бывших или будущих. Но Кау-Рук не понимал небылиц.

Штурман удобно сидел в кресле, покачивал головой, но не как послушный божок, а с сомнением.

Он внимательно слушал командира.

— А если Беллиора обитаема? — спросил он.

— По предварительным данным, там никого нет, — возразил Баан-Ну.

— А что если есть? — настаивал штурман. — Вот астрономы утверждают: Беллиора цветуща. Тогда могут на ней быть и существа вроде людей.

— Тем хуже для них! — жестко, с самоуверенностью, характерной для завоевателей, сказал генерал. — Мы уничтожим большую часть жителей, а остальных превратим в рабов, как уже сделали с арзаками. Пусть служат нам преданно, как арзаки, — добавил он раздраженно.

Кау-Рук склонил голову в знак согласия, он не хотел сердить командира.

— Однако речь не об этом, — успокоившись, сообщил Баан-Ну, — Беллиора перед нами. Наш корабль много-много раз облетит ее. Беллиора будет рассмотрена в телекамеры и сфотографирована. Физики возьмут пробы воздуха на разных высотах, определят величину атмосферного давления, математики вычислят силу тяжести. Итак, за работу.

Прежде всего техники, с ними Ильсор, надели скафандры и, выйдя через шлюз, осмотрели обшивку звездолета. Поначалу когда-то зеркальная поверхность покрылась углублениями, рытвинами — следами столкновений корабля с потоками космической пыли и осколками метеоритов. Будто неведомый чеканщик сантиметр за сантиметром семнадцать долгих лет обрабатывал ее, покрыв загадочными узорами. Углубления пришлись очень кстати, их использовали, когда стали наносить из распылителей на обшивку корабля тончайшее огнеупорное покрытие. Без него звездолет мог сгореть при входе в земную атмосферу. Покрытие было предусмотрено Ильсором и не только защищало звездолет от огня, но и делало его неуловимым для радиоволн на тот случай, если бы на Земле существовали локаторы, посылавшие эти волны.

НЕКОТОРЫЕ СОБЫТИЯ, СВЯЗАННЫЕ С УРФИНОМ ДЖЮСОМ

Пока на небе происходил полет инопланетян, в Волшебной стране жизнь шла своим чередом. Там случались свои повседневные события. Одно из них было связано с Урфином Джюсом. Урфин не только переменил место жительства — прежде он жил в стране Жевунов в лесу, теперь обитал в долине у Кругосветных гор. Главная перемена совершилась с самим Джюсом как человеком. Он стал совсем другим, как будто родился человек заново. Выражение лица у этого нового жителя страны Гуррикапа не бывало больше свирепым. А поскольку характер человека проявляется в том, что он мастерит, то с Урфином приключилось чудо. Вместо угрюмых мрачных игрушек, которыми раньше пугали людей, он сделал очень веселых кукол, зверьков и клоунов и подарил их гномам.

Урфин и сам получил подарок от Железного Дровосека. В стране Мигунов, известной мастерами, для Джюса сделали телескоп. Джюс пристроил к дому башню, прикрепил к ней гвоздями телескоп и стал по вечерам рассматривать небо.

Так и случилось, что он заметил в телескоп «Диавону». Конечно, он увидел не звездолет с такого далекого расстояния, а крошечную мигающую звездочку. Он бы, пожалуй, не обратил на нее внимания, если бы на его глазах звезда не засияла всеми цветами радуги. Несколько дней Джюс вел за ней наблюдения. С каждым днем в ее свечении все больше усиливался красный цвет и звезда росла. С ней происходило что-то неслыханное. Урфин был озадачен и продолжал вести свои наблюдения. О космическом корабле он не думал. Ему и в голову не могло прийти что-нибудь подобное. А между прочим, свет усиливался оттого, что на «Диавоне» штурман Кау-Рук один за другим включал тормозные двигатели. Два, пять, десять, пока не были включены все. Инопланетяне подлетали к Земле и гасили сверхскорость корабля. Это было неизбежно, чтобы начать двигаться вокруг Беллиоры.

НЕВЕДОМАЯ ЗЕМЛЯ

«Д**иавона**» вращалась вокруг Земли, постепенно приближаясь к ней. Автоматические бортовые телекамеры навели на Беллиору и включили без промедления. На демонстрационных экранах в рубке командира, как и в зале, где собрались менвиты, появились голубые очертания незнакомой планеты. Чужестранцы вглядывались в расплывчатые пятна неизвестных им океанов, морей, темных гор, желтых пустынь, зеленых долин и лесов. Долгий полет притупил чувства инопланетян, но сейчас их охватило волнение, где-то в подсознании замелькала тревожная мысль:

«Что-то ожидает нас здесь?»

Баан-Ну щелкнул переключателем увеличения, и вдруг на экранах замелькали изображения больших городов с многоэтажными зданиями, заводов, аэродромов, кораблей.

— Внимание! — тут же раздалась команда. — Срочно маскироваться.

«Диавона», как спрут, выпустила из специального люка в корпусе звездолета темное маскировочное облако, окутавшее корабль. Никакой телескоп не смог бы впредь обнаружить громадину рамерийского звездолета. Вместо нее астроном с Беллиоры увидел бы бесформенное темное тело, но что оно значило, не разгадал бы ни один мудрец.

Космический корабль инопланетян в полной безопасности приближался к Земле.

Посланцы Рамерии, торопясь, просматривали виды Беллиоры. И чем дальше, тем больше хмурились их бледные лица. Баан-Ну и его подчиненные видели железные дороги, каналы, возделанные поля, мощные укрепления, на рейдах больших портов громадные корабли, с палуб которых грозно смотрели в небо стволы орудий. В глазах чужестранцев, настроенных на то, что Земля необитаема, невольно появились недоумение и нерешительность.

— Да, — хмуро произнес генерал, — эту цивилизацию не поставишь на колени одним ударом. И тут не спустишься на планету в любом месте. «Диавону» расстреляют прежде, чем мы успеем открыть люк.

Как менвит-завоеватель Баан-Ну полагал, что космических Пришельцев встретят на Беллиоре не миром, а войной. Так поступили бы рамерийцы, опустись на их планету чужой корабль.

Менвиты решили найти тихое место, удаленное от больших городов, морских портов и мощных укреплений. Там можно скрыться до поры до времени, пока рабочие, наставляемые

Ильсором, не соберут вертолеты: с них легче производить разведку, чем с звездолета-гиганта.

Корабль совершал все новые и новые витки над Беллиорой. Наблюдения продолжались. Пробы воздуха показали, что атмосфера Земли мало отличается от рамерийской и вполне пригодна для дыхания Пришельцев. Хоть в этом пришло облегчение: жить в скафандрах на чужой планете месяцы, а может, годы было бы невозможно.

Наконец, рамерийцам повезло. Посреди бесконечной песчаной пустыни они обнаружили большую лесистую равнину, окруженную кольцом высоких гор со снежными вершинами. Звездолет несколько раз пронесся над равниной. Телекамеры работали непрерывно. Сомнений не было. Среди рощ и полей виднелись деревни с крохотными домами, а в центре поднимался чудесный город, башни и стены которого сияли непонятным, но очень красивым зеленым светом. И нигде ни одного укрепления и форта, ниоткуда не поднимались стальные дула пушек, вид которых так неприятно поразил менвитов при первых облетах Земли.

Баан-Ну и его подчиненные впервые повеселели. Генерал протянул руку к телеэкрану с видом тихих деревень и чудесного города и, довольный, произнес:

— Подходящая страна. Здесь будет наша база на Беллиоре.

Он не знал, что страна эта волшебная.

Первые дни на Земле

УРФИН ДЖЮС — ОГОРОДНИК

Урфину не давала покоя диковинная звезда, светящаяся красным цветом. Его мысли время от времени возвращались к ней, вечерами он подолгу просиживал у телескопа, но, как ни старался ее отыскать, нигде обнаружить не мог. Звезда бесследно исчезла. Правда, он заметил однажды, как какое-то темное облако пронеслось по небу, но не придал этому никакого значения.

С жителями Волшебной страны Урфин теперь дружил, но о звезде, заинтересовавшей его, не торопился сообщать. Он ведь и сам пока ничего не понял.

Давно прошло то время, когда Премудрый Страшила сдержал слово и пригласил Джюса поселиться в Изумрудном городе среди людей. Урфин не ожидал, что ему будет так приятно это приглашение.

Однако он уже много лет жил у Кругосветных гор, привык к уютной долине с прозрачной речкой и расстаться со своей усадьбой не захотел.

Жить одному для него было так же естественно, как пить или есть. Он по-прежнему не хотел походить на других людей и одежду носил иного цвета: не голубую, не фиолетовую, а зеленую. И вовсе он делал так не от злого нрава, такой уж у него был нелюдимый характер. Общество он делил со старым филином Гуамоколатокинтом, с которым каждый день перебрасывался немногими словами.

— Ну что, друг Гуамоко, — обычно с утра спрашивал Урфин, — прибыли вести на сорочьих хвостах?

И они с Гуамоко медленно, с паузами, обсуждали новости, которые умный филин запоминал от других птиц.

— Железный Дровосек к Страшиле Премудрому пожаловал в гости, — степенно говорил Гуамоколатокинт.

— Лев Смелый тоже в пути, но он стар — лапы его медленно ходят, он идет-бредет, потом садится, отдыхает.

— А что наш Премудрый? — спрашивал Урфин.

— Опять намудрил. Придумал какую-то библиотеку, книги серьезные читает.

— Дело хозяйское, — вздыхал Урфин.

Урфин был неплохим столяром во все времена. Была пора, ничего не скажешь, когда сделанные им столы, стулья и другие изделия из дерева перенимали сварливый характер мастера и норовили то толкнуть тех, кто их покупал, то наступить им на ноги — одним словом, доставляли людям всякие неприятности. Строптивые изделия никто не покупал, и Урфину поневоле пришлось выращивать овощи на своей усадьбе, иначе чем бы он жил?

Урфин стал огородником, работал быстро, но как-то нудно, неинтересно. Работа не приносила ему радости.

Но вот Джюс задумался о себе, о своих делах и словно заново родился, и все вокруг изменилось. С его занятиями начали происходить непривычные вещи. Дело у него спорилось так, что он сам удивлялся. Он отремонтировал домик в долине, покрасил его самыми веселыми красками, какие нашлись в его хозяйстве. И почувствовал, что его прямо тянет заняться огородом. Да не просто заняться.

Со дня, когда он получил приглашение Страшилы и понял, что жители Волшебной страны совсем больше не сердятся на него, ему постоянно хотелось что-нибудь изобрести для них.

Смелости и терпения Урфину было не занимать, и он вырастил на своей усадьбе такие небывалые плоды, что даже филин Гуамоко, сначала недоверчиво отнесшийся к затее Урфина, затем проникся безграничным уважением к нему.

— Эка невидаль! — ухал он, взмахивая крыльями. — Небывальщина! Видно, хозяин, ты еще умеешь колдовать!

Здесь была золотая морковка, голубые огурцы, красно-прозрачные, словно гранаты, сливы и яблоки, солнечные, точно апельсины. Что и говорить, плоды получились очень нарядными. А главное, привлекал в них не столько цвет, а то, что они были сладкими, большими, вкусными.

Видно, не случайно Джюса потянуло к огородничеству. Разводить овощи и фрукты для других было куда как интересно, и из этого вышел толк.

Как только великолепные плоды созревали, Урфин нагружал ими доверху тачку и отвозил в Изумрудный город.

То был настоящий праздник Угощения. На него спешили все, кто мог, со всех концов Волшебной страны.

Причем Урфину хотелось никого не обидеть, одарить всех жителей и гостей. Он много раз наполнял свою тачку грудой

плодов и торопился обратно в город. Перевозка была дальней и нелегкой. И тогда жители Волшебной страны послали в распоряжение Джюса деревянного гонца. Скороногий гонец никогда не уставал. Он доставлял дары Урфина с ошеломительной быстротой.

Урфин готовил для гонца овощи и фрукты. Собирал их, выкапывал, ополаскивал ключевой искрящейся водой, которую жаркое солнце тут же высушивало. Джюс аккуратно складывал плоды в тачку. Жители Изумрудного города не отпускали его до тех пор, пока он не съедал целую гору пирогов, которые были особенно вкусны у хозяек чудесного города.

ЖЕЛТЫЙ ОГОНЬ

Праздники Угощения обязательно устраивались каждый год, их ждали с таким нетерпением, как ждут дня рождения. Потому что, как ни чудесна жизнь в Волшебной стране, все же один день похож на другой. Солнце поднимается всякий раз высоко и, когда ежедневные чудеса сделаны, опять опускается за горы.

Это случилось накануне нового праздника. Канун подоспел незаметно, он продолжался несколько дней, чтобы все желающие успели добраться до Изумрудного города, а Урфин-огородник успел приготовить угощение. Фрукты и овощи удались на славу, их было видимо-невидимо, так что Джюс опасался не успеть перевезти их в Изумрудный город до открытия торжества. Рядом с дворцом Страшилы соорудили длинные ряды из сдвинутых столов, которые перетащили из домов жители города.

Урфин и деревянный гонец, который помогал ему перевозить овощи, сновали между Кругосветными горами и Изумрудным городом.

Проезжая с полными тачками через страну Жевунов, они оставляли вкусный запах спелых, настоянных на солнце плодов. Разве могли Жевуны спокойно смотреть на это разноцветье фруктов и овощей в тачках?

Они высовывались из круглых окон своих домов почти

целиком, даже странно, как они не падали, цепляясь ногами за подоконники. Они еще и переговаривались, захлебываясь от восторга.

— Ой-ой-ой, — говорил один Жевун, — опять голубые огурцы. Какое великолепие!

— Что огурцы, желтые орехи — чудо! Я сам видел, их целый воз! — восклицал другой. — У меня уже и сейчас слюнки текут.

— А я люблю яблоки и апельсины, — тоненько пел женский голос. — У нашего Урфина яблоки горят, как апельсиновые солнца, а апельсины — румяные, точно яблоки.

— Ох, и наемся я, — уверял мальчуган Жевун звенящим голосом.

Вороха ярких ароматных плодов росли на столах Изумрудного города, а на усадьбе Джюса они, казалось, не убывали.

Жевуны тщательно чистили свою одежду, украшали ее праздничными воротниками, их жены надевали юбки колокольчиком, пришивали новые бубенцы к шляпам — одним словом, на праздник Угощения собирались, как на бал. Так же тщательно готовились к празднику во всех уголках Волшебной страны.

— Я буду самой красивой, — говорила одна девочка. — Мама сказала: у меня такой нарядный воротник из кружев.

— Нет, это я буду самым красивым, — возразил ей Жевун, — у меня самые блестящие бубенчики на шляпе. И они так звенят. Я могу весь праздник танцевать под свою мелодию, мне даже музыка не нужна.

— А я еще не подшил шляпу, — тут же отозвался другой Жевун. — Не опоздать бы.

— Да, не опоздать, не опоздать, — заволновались Жевуны.

Бубенчики на их шляпах вздрагивали, и в домах стоял неумолчный перезвон. Жевунам и в самом деле пора было этой ночью отправляться в путь.

Благодаря инженерной смекалке Страшилы кое-что изменилось в Волшебной стране. Самым памятным оставалось, конечно, превращение Изумрудного города в остров.

Несмотря на вырытый канал, столицу свою жители все-таки по старой привычке называли не островом, а Изумрудным городом.

Нововведения Страшилы Премудрого коснулись и других мест Волшебного государства. Так, жители больше не гадали, как переправиться через Большую реку, — через нее перекинули мост. А в глухом лесу не страшно было двигаться и ночью — вдоль всей дороги из желтого кирпича зажигались в темноте качающиеся фонари, их движение и красноватый свет отпугивали диких зверей.

Все же, чтобы поспеть вовремя, Жевунам очень скоро пора было трогаться, ведь шаги у них были маленькие, а путь предстоял неблизкий.

Конечно, они некрепко спали в эту ночь, совсем как дети накануне праздника. Поэтому они тотчас проснулись, услышав, как зазвенели бубенчики на их шляпах. Шляпы они на ночь ставили на пол, чтобы те молчали. Кто же звонил бубенцами, может быть, мыши? Жевуны заглядывали под шляпы — и никаких мышей не находили.

С улицы тем временем доносился непрерывный гул, он все нарастал.

Жевуны выбежали из домов.

Огромный огненный шар, рокоча, подлетал к Кругосветным горам.

— Метеор? — озадаченно спросил Прем Кокус. — Но метеор не гудит, — ответил он сам себе. — Смотрите, — протянул он руки к небу, призывая Жевунов смотреть туда.

Шар пропал, превратился в дрожащий желтый огонь, по форме похожий на несколько корон, скрепленных вместе, или несколько перевернутых снопов.

Жевунам стало страшно, они тоже дрожали. «Динькдиньк-динь», — звенели бубенчики на их шляпах.

Гул все усиливался. От Кругосветных гор потекли клубы желто-белого дыма. Прошумел вихрь. Деревья пригнулись.

В это время огонь погас. Вместо гула от гор донесся громкий рев, повторенный несколько раз эхом.

— Скорее, скорее в Изумрудный город, — торопил

Кокус. — Страшно. Страшно и непонятно все. Может быть, наш правитель...

— Мудрый Страшила отгадает, — решили Жевуны, все еще дрожа, и бубенчики на шляпах дребезжали в такт их словам.

ПРИЗЕМЛЕНИЕ

Чужестранцы торопились приземлиться до утра. Они полагали, что ночью на Беллиоре скорее всего спят, как на Рамерии, и их прилет останется незамеченным.

Откуда им было знать, что жителям Волшебной страны как раз в эту ночь не спалось.

Совершив последний виток вокруг Земли, корабль начал снижение по плавной траектории. Штурман Кау-Рук сидел за пультом управления. Движения его были собранны и точны. Он напряженно всматривался в экран локатора ночного видения, на котором проступали контуры незнакомой местности.

Важно было не пропустить кольцо гор, а точнее, то место у их подножия, где инопланетяне заметили огромный замок с черными провалами окон и полуразрушенной крышей. Судя по всему, в здании никто не обитал, и оно могло послужить на первое время неплохим убежищем.

Командир Баан-Ну готовился предстать перед новой планетой во всем своем великолепии. Борода его была давно руками Ильсора идеально, волосок к волоску, подстрижена и причесана, и слуга уже помогал генералу натягивать парадный наряд.

Парадными костюмами менвитов были яркие комбинезоны из плотной шелковистой ткани.

Бледные малоподвижные лица менвитов от блеска комбинезонов словно оживали.

Ордена на костюмах менвитов не привинчивались и не прикалывались, а вышивались золотыми, серебряными и черными нитями.

Они имели форму солнца, луны или звезд; низшие помечались планками — одна, три и т.д., в центре ордена можно

было видеть изображение созвездий и планет, окружающих Рамерию. Награждали менвитов по правилу: чем выше должность у обладателя комбинезона, тем больше у него орденов и тем красивее сами ордена. К парадному комбинезону полагались сапоги из мягкой легкой кожи с застежками.

Как только на экране локатора показались очертания замка, Кау-Рук лихо развернул корабль двигателями к Земле. Он любил демонстрировать свою сноровку всем на удивление, и жаль, что в небе не было зрителей. Но внешне штурман оставался совершенно невозмутимым. Корабль

31

медленно пошел на посадку. У самого замка звездолет на мгновение повис в воздухе, поддерживаемый огненным столбом из нескольких корон трепещущего желтого пламени, и медленно стал оседать на Землю. Тут же из корабля выплыли откидные опоры в виде гигантского треножника.

Когда рассеялись клубы дыма и пыли, менвиты произвели последние пробы атмосферы и, убедившись, что все в порядке, открыли входной люк. Свежий ночной воздух, напоенный ароматом трав и цветов, ворвался в помещение звездолета и опьянил инопланетян.

Спустили трап. Генерал Баан-Ну первым сошел на Землю. Из рук он не выпускал новенький красный портфель, который для большей сохранности пристегнул цепочкой к руке. В портфеле лежала рукопись. Это была главная ценность генерала. Он намеревался писать историю покорения Беллиоры. Он уже начал сочинять ее во время полета. Своей работой генерал хотел прославить военное искусство менвитов, а больше всего мечтал прославиться сам.

Корабль стоял у великолепных гор, снежные вершины которых уходили в усыпанное звездами небо. Поблизости шумели лесные заросли, откуда доносился ночной баюкающий свист птиц. Ступая по влажному мягкому ковру из трав, командир ощутил прилив неудержимой радости покорителя, даже сердце вдруг замерло, потом стало колотиться чаще и чаще, Баан-Ну пришлось расстегнуть «молнию» воротника.

— В этом месте будут жить достойнейшие из менвитов, — сказал себе генерал. — А рабов и так всюду достаточно.

Повернувшись к кораблю, он заметил, что уж почти все спустились. Менвиты гордо расхаживали в расшитых орденами одеждах, иногда пристально глядя в глаза какому-нибудь замешкавшемуся арзаку.

— Ну-ну, торопись, — приказывал взгляд, и арзак начинал сновать, как заводная игрушка.

Арзаки суетились за привычной работой: налаживали для менвитов удобную жизнь.

Одни раскидывали надувную палатку, устилали пол воздушными матрасами. Другие готовили ужин, несли напитки.

Третьи тащили из леса сучья, укрывали палатку. А для маскировки звездолета натягивали огромную сетку с нарисованными на ней листьями, ветками, похожую на красочный ковер.

Группа менвитов осторожно вынесла с корабля большое панно с изображением Гван-Ло и установила его на небольшом холме.

Генерал подошел к собравшимся менвитам и, обратив взор к далекой Рамерии, торжественно произнес:

— Именем Верховного правителя Рамерии, достойнейшего из достойнейших Гван-Ло, объявляю Беллиору навсегда присоединенной к его владениям! Горр-ау!

— Горр-ау!!! — дружно подхватили менвиты. — Горр-ау!!!

Арзаки молчали. Украдкой они с тоской поглядывали в ту сторону неба, где была их родина.

— Штурман, — обратился довольно сухо генерал к Кау-Руку. Хотя он пребывал в благодушном настроении, все-таки не мог пересилить себя в отношении к Кау-Руку, которого недолюбливал за способности и излишнюю самостоятельность. — На рассвете проведете разведку, — сказал генерал, а про себя подумал: «Первая разведка самая опасная, вот и справься с этой задачей, если ты такой умный».

— Проследите за всем самым внимательным образом, — приказал он, — но и сейчас не зевайте.

— Порядок, мой генерал, — отозвался Кау-Рук не так, как принято было среди военных чинов Рамерии, но ведь штурман все делал по-своему. Он многое умел, поэтому даже к колдовству не прибегал, как другие менвиты.

— А мне не мешает отдохнуть, — потягиваясь и зевая, сказал генерал, — к тому же на Беллиоре прохладные ночи.

Один из рабов подал Баан-Ну на подносе фрукты, которые успел нарвать в ближайшей роще.

— Ну что, Ильсор, — обратился, аппетитно жуя, генерал к слуге, — все ли готово к отдыху?

— Все готово, мой генерал, — Ильсор отвесил такой низкий поклон, что тело его повисло, как на шарнирах. Глядя на нелепо согнутого слугу, генерал вдруг расхохотался:

— Что, Ильсор, не чуешь ног от счастья, очутившись на такой превосходной планете?

— Да, мой генерал. Не может мне не нравиться то, что нравится вам, — согласился Ильсор.

— То-то же! — Баан-Ну похлопал Ильсора по плечу и отправился в палатку.

Вооружившись биноклем, он поочередно обошел все окна палатки, лениво пробегая глазами горы и тщательно оглядывая ближайшие деревья в стороне леса — нет ли там вражеской засады. Ничего не разглядев, кроме силуэтов птиц, он спокойно растянулся на куче матрасов, которые Ильсор успел застелить пушистыми белыми шкурами какого-то зверя, вроде снежного барса; гигантский полог, тоже из белых шкур, отделил постель генерала от остальной части палатки, где расположились другие менвиты.

Портфель Баан-Ну сунул под меховую подушку, которую Ильсор услужливо приподнял. Во время сна все важное для себя генерал не прятал в сейф — к сейфу можно подобрать ключи; укромнее места, чем изголовье, он не знал.

Когда командир менвитов задремал, Ильсор взял его би-
нокль, но не убрал, а тоже оглядел окрестности. Затем он подошел к группе арзаков, собравшихся расположиться на
ночлег прямо под открытым небом.

— Друзья мои, — сказал он совсем тихо, — не теряйте
надежды, — а громко отдал распоряжение как главный техник: — Утром приступаем к сборке вертолетов.

Никто из избранников не подозревал, кто такой Ильсор
на самом деле.

«Самый исполнительный слуга, прекрасно разбирается в
технике», — вот что знал о нем любой менвит.

А не знал вот чего.

Ильсор оказался более стойким, чем другие арзаки, перед
гипнотическими взглядами и командами колдунов. У него
была более сильная воля. Он успевал принять вид покорного
раба, прежде чем волшебство вступало в силу. Поэтому он
слышал самые секретные разговоры менвитов, которые не ос-
терегались его, думая, что он послушен и, значит, совсем
околдован. Из разговоров избранников Ильсор понял все, что
произошло на Рамерии.

Арзаки верили: только Ильсор может им помочь, он что-нибудь придумает для их освобождения, и выбрали его своим вождем.

Мысль о свободе арзаков никогда не покидала Ильсора.

Другая забота его была о землянах. Судя по тем сооружениям на снимках, которые не укрылись от взора вождя, Беллиору населяли разумные существа. Они не ведали об опасности, какую таил в себе взгляд менвитов. Предупредить их было прямой обязанностью Ильсора, хотя он и не знал, как это сделать.

РАЗВЕДКА

На рассвете Кау-Рук с группой летчиков отправился на разведку. Они спокойно прошли мимо дозорных, которые все были из менвитов и не дремля стояли на своих постах. Летчики по духу были ближе штурману из всех военных, вот если бы еще их эскадрилью не возглавлял Мон-Со, верный подданный генерала. Захватив с собой несколько рабов-арзаков, летчики сначала бодро продвигались вперед. Разведка казалась им чем-то вроде веселой прогулки.

Прежде всего решили осмотреть замок, не зная, что перед ними бывшее жилище волшебника Гуррикапа.

Обойдя его кругом, Пришельцы остановились перед закрытой дверью, верхний край которой терялся под потолком.

То и дело слышались шутки:

— Вот это хоромы! Такие только для государей да привидений!

— Ну-ка, нажмем плечом! Еще раз. Да тут не хватет наших плеч!

Дверные петли заржавели, и кстати пришлись усилия рабов, чтобы двери распахнулись.

Когда менвиты вошли в помещение, из пустых рам ринулись десятки потревоженных филинов и сов, заметались полчища летучих мышей.

Рамерийцев поразили размеры дворца, высота комнат, колоссальные залы.

— Пожалуй, только рискни — поселись на несколько дней, эдак сам не заметишь, как уже государь! — продолжали шутить летчики.

Много интересного нашлось в помещениях замка. Менвиты увидели шкафы высотой с пятиэтажный дом, в них кастрюли и миски, похожие на плавательные бассейны, огромные ножи, книги, на которых бы уместились целые лесные полянки.

Пришельцы никак не могли понять, зачем было выстроено такое огромное здание. Они невольно поеживались именно от необъятности размеров. Они, конечно, читали в детстве сказки, и первое, что им пришло в голову, был вопрос:

— Может, здесь обитал людоед?

С помощью рабов менвиты раскрыли одну из книг Гуррикапа, думая: вот она-то прояснит им что-нибудь.

Но как старательно ни листали чужестранцы ее страницы, они ничего не видели, кроме чистой бумаги, текст с листов исчез. Откуда было догадаться менвитам, что так сделал добрый волшебник: при приближении врагов книги не показывали, что в них написано. Менвиты быстро потеряли к ним интерес.

Рассматривая комнаты, мебель, всякую домашнюю утварь, Кау-Рук удивлялся:

— Неужели на Беллиоре живут такие гиганты?

Он даже попробовал усесться в кресле Гуррикапа.

Арзаки, встав на плечи друг другу, образовали живую лестницу, по которой штурман и забрался в кресло. Рядом с твердой как кремень спинкой кресла он почувствовал себя так же неуютно, как по соседству с огромным каменным изваянием какого-нибудь животного. Таких изваяний на Рамерии было много — то сохранились следы древней культуры арзаков.

— Подумать только, — сказал штурман глядевшим на него летчикам. — Если даже некоторые земляне обладают таким гигантским ростом, что свободно умещаются в этом кресле, тогда мы, менвиты, сущие карлики перед ними.

Неожиданно Кау-Руку сделалось смешно.

«Вот обрадую Баан-Ну, — подумал он, — сюда бы еще привидение, в придачу к замку». Но, представив небольшие домики, которые он видел на демонстрационных экранах звездолета, штурман разочарованно молвил про себя:

— Не очень-то испугаешь генерала развалинами замка.

Отряд летчиков-разведчиков отправился дальше. Находясь под впечатлением увиденного, они приуныли.

Вновь они пришли в хорошее расположение духа, когда из сумрачного леса вышли на чудесную поляну, потом еще одну и еще.

Кругом расстилались зеленые лужайки с россыпями крупных розовых, белых и голубых цветов (вроде крупных колокольчиков). В воздухе порхали крохотные птицы, чуть побольше шмеля, поражая необычно ярким оперением. Они гонялись за насекомыми.

Мохнатые шмели, которые летали тут же, не меньше привлекали ярким контрастом желтой и коричневой красок. Они пели свою бесконечную монотонную шмелиную песню.

Красногрудые и золотисто-зеленые попугаи кричали гортанными голосами, возвещая рассвет. Они смотрели на людей так, будто все понимают. Если бы менвиты умели разгадывать, их изумлению не было бы границ, потому что попугаи действительно разговаривали.

— Просыпайтесь, просыпайтесь, как прекрасно утро! — говорили одни.

— Что я вижу, что за люди? — недоумевали другие.

40

В прозрачных ручьях носились стайки быстрых серебристых рыб.

— Если вся Беллиора такая же, как мы увидели, — она прекрасна! — восторгались инопланетяне.

ПТИЧЬЯ ЭСТАФЕТА

Приземлившись в ночную пору в окрестностях пустынного замка, где на десятки миль вокруг не было человеческого жилья, Пришельцы чувствовали себя в полной безопасности, как будто находились не на Беллиоре, а у себя дома на Рамерии. И свой лагерь вблизи жилища Гуррикапа они не случайно назвали «Ранавир», что на языке менвитов значило «Надежное убежище». Менвиты-колдуны, превращая людей в рабов, так верили в свою ворожбу, что полагали: события могут развиваться только так, как они захотят. Им было невдомек, что события в Волшебной стране уже развиваются, и совсем не так, как желали того Пришельцы.

Многое заведомо определил не кто иной, как хозяин гигантского жилища. Да, верно, волшебник Гуррикап бесследно исчез, но ведь волшебство никогда не пропадает просто так. Взять хотя бы дар человеческой речи, которым Гуррикап наделил птиц. Птицы внимательно слушали людей, были в курсе разных событий и с песнями и свистом разносили новости во все концы Волшебной страны. Благодаря возможности понимать друг друга птицы и люди дружили. Люди никогда не трогали диких обитателей полей и лесов, а те в свою очередь оказывали им неоценимые услуги, вовремя принося важные вести, они не раз предупреждали об опасности. Вот и теперь инопланетянами прежде всего заинтересовались птицы. Когда разведчики-менвиты любовались пейзажами Беллиоры, пернатые обитатели леса перелетали с дерева на дерево и вовсе не для того только, чтобы покормиться червяками и букашками.

Штурман Кау-Рук не признавался себе, такой это казалось тарабарщиной, но чувствовал слежку со стороны птиц.

41

Он заметил: пернатые не свободно порхают во всех направлениях, а ведут себя иначе, не перемещаются в одиночку, а совершают какое-то общее движение; связанные друг с другом, действуют так, как будто у них есть определенный план и они его выполняют. Они проявляли интерес к Пришельцам, подобно разведчикам, облетали, осматривали чужестранцев. И даже, Пришельцы думали, что им мерещится, с клювов птиц слетали отдельные, какие-то невероятные слова: Качи-Качи, Кагги-Карр, Стра-шила.

Менвиты, хотя и являлись колдунами, понятия не имели о птичьей почте. Но едва настало первое утро пребывания на Земле, как по тенистым рощам прокатилась тревожная весть. Ветки вздрагивали то тут, то там. С дерева на дерево, от гнезда к гнезду метались растревоженные горластые вестники.

— Вставайте, вставайте!.. — требовательно будили они тех, кто еще не проснулся.

— В наших краях появились неизвестные люди, — на разные голоса, торопливые и медлительные, с пересвистом и щебетанием кричали жаворонки, пересмешники. — Они выходят из огромной машины. Они копошатся возле старого замка. Они построили ящик, из которого достают воду.

Пришельцы так напоминали соплеменников Элли, что птицы сначала приняли их за людей из-за гор.

— Здравствуйте. Вы из Канзаса? — спрашивали пернатые, но Пришельцы молчали.

Рамерийцы с рассветом принялись за дела. Астрономы устанавливали на холме большой телескоп, ботаники изучали растения, геологи исследовали почву. На самом деле всю работу выполняли арзаки, менвиты лишь покрикивали, приказывая.

По распоряжению Баан-Ну рабочие-арзаки приступили к ремонту необитаемого здания. Волшебник Гуррикап воздвиг замок в одно мгновение. Но его волшебное искусство выдержало многовековое испытание, и ремонт требовался не очень большой. Нужно было вставить оконные стекла, починить крышу, кое-где перестелить полы, покрасить стены и потолки.

Пластмассу делали тут же из захваченных с собой

43

смесей — варили их в чанах. Довольствовались малым, тем, что оказалось под рукой, — глину, которую добавляли к смеси, нашли у Кругосветных гор, а посуду позаимствовали у Гуррикапа.

Расплавленную тягучую массу расправляли на оконных рамах, и она застывала, образуя безукоризненной прозрачности стекла с голубоватым, желтоватым или розовым отливом. Через эти стекла, приготовленные в котлах-самоварах, из внутренних помещений дворца можно было все видеть, а если заглянуть с улицы — ничего.

Специальные формовочные машины-самолепители штамповали плитки, похожие на красную ребристую черепицу, ею настилали крышу.

Штукатуры, как и маляры, работали распылителями, которые сначала забивали трещины, обитости, просветы специальной замазкой. Через некоторое время замазка высыхала, ее покрывали серой краской — и не отличишь от камня или от обломка скалы. Таким образом, Пришельцы хотели не только залатать дворец, но и придать ему вид, в котором хоть что-то напоминало о Рамерии. Дома формой, как обломки скал, с разноцветными окнами были на Рамерии.

Арзаки и так работали быстро, но надсмотрщики-менвиты все равно торопили их.

Ильсор руководил сборкой вертолетов, части которых в разобранном виде хранились на «Диавоне». Небольшой запас горючего был привезен с родины, но геологи рассчитывали добыть топливо на Беллиоре и уже начали разведывательные походы. Несколько раз приносили пробы, но Ильсор их забраковал.

— Нужно лучшее качество, — объяснял он геологам.

А по правде, Ильсор не торопился прокладывать путь менвитам, зная, что привезенного топлива на все время не хватит. Он уже побывал на окраине деревень рудокопов и Жевунов и видел, какие безобидные люди тут обитают.

Прячась среди ветвей, птицы разглядывали Пришельцев, которые вели себя, по их наблюдениям, необъяснимо. Одни — высокого роста, с гордо поднятыми головами, с властными жестами и громким голосом, в одеждах, расшитых орденами, повелевали другими, одетыми скромно, в свободные зеленые комбинезоны из грубой материи, вроде мешковины. Ростом и силой люди в мешкообразных комбинезонах уступали тем, что с орденами. У них были добрые глаза, и они показались птицам совсем беззащитными.

Птицы прислушивались к разговорам Пришельцев, но ничего не понимали.

«Как они чудно бормочут», — думали пернатые.

И они постарались получше разглядеть, что делается у заброшенного замка. Их внимание привлекала неведомая махина наподобие громадного дома с круглыми окнами, просвечивающая сквозь сетку-ковер. Забыв осторожность, несколько ласточек и крапивников подлетели сбоку к самому звездолету и за это поплатились. Один из рослых Пришельцев поднял руку с предметом, по виду напоминавшим продолговатый фонарик, какой птицы видели среди зажигалки, пистолета и прочих вещей моряка Чарли. Пришелец нажал на кнопку — вырвался нестерпимо яркий свет, который в одно мгновение сжег птиц. Ласточки не успели даже метнуться к своим жилищам в пещерах гор. А крапивники, которые лучше бегали, чем летали, ловко бросились к кустарнику, но страшный свет опалил их вместе с

45

зелеными ветвями растений. Из клювов быстроногих птиц успел лишь вырваться крик, похожий на звук флейты и на песню человека. Ту песню, за которую крапивника испокон веков зовут органистом.

Пернатые разведчики не знали, что видят лучевой пистолет, но поняли, чего можно ждать от незваных гостей. Они вмиг скрылись в лесу и больше не попадались, с большими предосторожностями вели наблюдения вблизи замка.

Не сговариваясь, птицы собрались на ветвях раскидистого дуба посоветоваться, как им быть. Решили немедленно составить донесение и послать его в Изумрудный город.

«Уважаемый повелитель Страшила, — писал в донесении умудренный годами попугай Качи. — Сообщаю события чрезвычайной важности. Быть может, старость сделала меня чересчур осторожным, но кажется мне: сейчас нам угрожает опасность более страшная, чем война с великаншей Арахной. Прибыли в страну к нам и поселились у замка Гуррикапа Пришельцы. У них есть огромная машина с круглыми окнами, из которой они появляются. А самое главное: у них есть фонарики, которые не светят, а убивают

46

сжигая. Уже погибли наши самые смелые разведчики — ласточки и крапивники. Поломай голову, Правитель. Когда угрожает опасность, надо что-то делать».

Золотой дятел заучил текст донесения и стремительно помчался на северо-восток к Изумрудному городу. Он летел что есть духу; в синем небе, как огонь, вспыхивали его золотые перья. Дятел не боялся устать, он проделает всего несколько миль, а там слово в слово передаст донесение голубой сойке. Та со свежими силами пустится на крыльях, как на парусах, передаст слова мудрого Качи другой птице, и так пойдет дальше по эстафете.

Заслуги знаменитой Кагги-Карр, придумавшей птичью эстафету, были известны каждому в стране Гуррикапа. Вняв ее совету, Соломенный Страшила получил мозги от Гудвина Великого и Ужасного и стал Правителем Изумрудного города: так повелел этот ненастоящий маг Гудвин, покидая Волшебную страну.

За уйму полезных советов Страшила наградил ворону орденом, которым она очень гордилась, считая себя по этой причине самой главной птицей государства — королевой ворон.

Прошло немного времени, и последний гонец эстафеты — рогатый жаворонок, его звали так за два удлиненных, как ушки, черных пера, достиг ворот Изумрудного города.

ВАЖНОЕ РЕШЕНИЕ

Фарамант, стоявший в воротах, не успевал выдавать зеленые очки, да и оставалось их немного, хоть он и припас несколько лишних корзин очков — столько было желающих попасть в Изумрудный город.

Первые вести о необычных событиях, разыгравшихся в горах, принес гонец, который работал с Урфином Джюсом.

Потом прилетел жаворонок. И уж позже всех пришагали усталые Жевуны.

К тому времени появились другие жители со всех концов Волшебной страны. Тут уж началось всеобщее волнение.

47

Жаворонок с черными ушками передал вороне Кагги-Карр сообщение мудрого Качи.

Жевуны в ужасе рассказывали про рычание в горах и желтый огонь. От волнения они перебивали друг друга:

— Был красный шар!

— Да нет, похоже, метеор!

— Не метеор, он гудел!

Выслушав всех, встревоженная Кагги-Карр немедленно отправилась к Страшиле. Она разыскала Правителя в Тронном зале Изумрудного дворца, который теперь назывался библиотекой.

Библиотека тоже была выдумкой Страшилы. Еще от Элли он слышал, что есть такое место, где хранят и читают книги. Страшила обнаружил немного книг в кладовой Гудвина позади Тронного зала среди фантастических птиц и рыб, зверя, Морской Девы и других чудищ, которыми пользовался Великий Обманщик во время своих превращений. Несколько книг нашлось в домике-фургоне Элли. Конечно, книг было недостаточно для настоящей библиотеки, все они поместились на двух полках, которые Страшила сам прибил гвоздями к стене.

Но тут выручили гномы. Они притащили свои многотомные летописи, которые заполнили все полки в кладовой за Тронным залом. Книги в Волшебной стране оказались настоящими сокровищами.

Малое количество восполнялось той увлеченностью, с которой Правитель Изумрудного города читал.

Самым интересным из найденных сокровищ оказался «Энциклопедический словарь». Там столько всего занимательного было написано о вещах, окружавших жителей Волшебной страны, и о всякой всячине, в том числе о таких штуках, которые Страшила никогда не видел, например автобус, маяк, театр.

Усидчивый Правитель часами занимался своим самообразованием. Времени у него было достаточно, ведь ему не надо было есть, пить и спать. Именно эти занятия в Большом мире причиняют людям столько хлопот.

Мозги из отрубей, смешанных с иголками и булавками,

служили своему хозяину верой и правдой уже много лет. Они подсказали ему немало удачных мыслей и поступков, за что подданные присвоили ему титул Трижды Премудрого.

С тех пор как Трижды Премудрому в руки попал «Энциклопедический словарь», умная голова Страшилы сделалась настоящей копилкой всевозможных знаний, и он с гордостью называл себя «эн-ци-кло-пе-дис-том». У него была слабость запоминать длинные ученые слова и при случае произносить их, для пущей важности разделяя по складам.

Кто же, как не Страшила, должен дать ответ на события такой загадочной ночи.

Выслушав сообщение вороны, Страшила не на шутку разволновался и немедленно прямо в библиотеке решил созвать Военный Совет. Кроме Правителя, в него вошли длиннобородый солдат Дин Гиор, в военной обстановке фельдмаршал, Страж Ворот Фарамант, Железный рыцарь Тилли-Вилли, начальник связи Кагги-Карр. На Совете присутствовал также правитель Фиолетовой страны Железный Дровосек, гостивший в ту пору у своего друга.

Тилли-Вилли, хотя и мог протиснуться внутрь помещения,

предпочитал сидеть на земле у дворца; голова его как раз приходилась против раскрытого окна второго этажа.

Железному рыцарю, по людскому счету, исполнилось всего несколько лет: еще сущее дитя. Но чудесные создания Волшебной страны развиваются намного быстрее. Поэтому Тилли-Вилли не уступил бы по сообразительности любому второкласснику. В технике же он разбирался не хуже самого Лестара — выдающегося мастера Волшебного государства. Малыш Тилли-Вилли так крепко помнил своего создателя моряка Чарли, что все время скучал по нему. И рад был любому поводу, чтобы поговорить о моряке; ему становилось не так грустно: будто он повидался с папой Чарли.

По правде сказать, одноногий моряк, готовя Тилли-Вилли к борьбе с колдуньей Арахной, создал чудище. Он сделал Железному рыцарю необычайно свирепую физиономию, как у божка с острова Куру-Кусу. Но хоть у маленького великана и торчали страшные клыки, и глаза были совсем косые, улыбался он дружески, глядел вовсе не враждебно. Сердце у гиганта было доброе, и его никто не боялся.

Он забавлял маленьких детей, возил их на плечах, а они визжали от восторга. Дети любили Тилли-Вилли и поэтому не видели огромных белых клыков, как не видят какие-то недостатки у родных, у друзей — у тех, кто дорог.

Тилли-Вилли ласково смотрел на членов Совета через открытое окно. Больше всего испугало всех известие о гибели птиц от одного-единственного огненного луча, бесшумно вылетевшего из продолговатого фонаря. Это был необъяснимый луч, они такого не знали.

— С владельцами ужасного оружия надо быть весьма и весьма осторожными, — сказал Страшила.

— Но что же произошло? — спросил Дровосек. — Откуда взялись эти люди?

— Желтый огонь, ревет, — подсказала Кагги-Карр.

— Погодите, погодите, — замахал руками Правитель. Он стал перелистывать свой любимый словарь. — «Метеор, шар, огонь, грохочет, гром», — смотрел он слова, перебирая страницы.

— Может быть, они прилетели случайно, как домик

Элли? Их просто принес ураган? — предположил Железный Дровосек.

— «Ураган, дом», — читал Страшила дальше. Он заглянул в слова «вулкан» и «землетрясение». — Нет, — покачал Страшила головой, — все не годится.

— Надо бы посмотреть поближе эту машину, хоть и осмотрительно, — мелькнула мысль у Стража Ворот.

— Это я как раз собираюсь сделать, — важно сказал Страшила, направляясь к волшебному телевизору, подарку феи Стеллы. — Думаю, этот ящик нам сослужит сейчас самую большую службу.

Телевизор стоял в Тронном зале на специальной тумбочке, а рядом с ним вправо и влево висело по полке с книгами.

— Бирелья-турелья, буридакль-фуридакль, край неба алеет, трава зеленеет, — произносил Страшила, вспоминая магические слова. — Ящик, ящик, будь добренький, покажи нам, что происходит у замка Гуррикапа.

Экран засветился. Перед пораженными зрителями появились Пришельцы точь-в-точь такого вида, как передавал жаворонок. Они расхаживали с надменным видом и резкими голосами отдавали приказания покорно склонившимся перед ними людям с приятными чертами лиц. Собравшиеся хотели послушать разговор Пришельцев, но речь велась на незнакомом языке. Страшила и его друзья заметили на экране пеструю просвечивающую сетку. Приглядевшись внимательнее, они различили под сеткой темную громадину с круглой дверью на боку, к которой приставлялась длинная лестница.

— Как все-таки попала такая громадина в нашу страну? — поинтересовался Фарамант.

— Только не с неба, с неба она не могла упасть, — убежденно сказал он, — слишком тяжелая.

— А что же тогда летело и гудело? — спросил Дин Гиор.

— Дайте мне подумать, — попросил Страшила, — и я разрешу эту загадку.

Страшила принялся усердно думать, от напряжения из его головы снова полезли иголки и булавки; к Мудрому Правителю в такие моменты приходила необычайная ясность мысли. После долгого раздумья Страшила сказал:

— Непонятная вещь — не телега, у нее нет колес. Она не лодка, потому что возле замка Гуррикапа нет реки. Это не метеор. Он летает, но не ревет. По-моему, это летучий корабль. На нем и явились сюда эти диковинные люди!

— Слава Премудрому Страшиле, клянусь ураганами южных морей! — сказал великан совсем не громко, но и этого хватило, чтобы стекла задрожали в залах дворца. Никто не удивился, услышав из уст железного малыша морское присловье, необычное для волшебных краев. Дело в том, что Тилли-Вилли никогда не видал моря, но он наслушался моряцких приговорок от своего создателя моряка еще в то время, когда одноногий Чарли мастерил чудовище. Приговорки крепко засели в огромной голове Тилли-Вилли, и он зачастую употреблял их.

— Клянусь колдунами и ведьмами! Мачты и паруса! Ветер и волны! Потопи меня первый же шторм! Разрази меня гром! — то и дело слышалось, стоило великану открыть рот.

— А вот откуда Пришельцы прилетели, — продолжал Страшила, — я не знаю. Только не из Канзаса. Если бы в Канзасе водились такие люди, нам рассказала бы о них Элли.

— Надо провести тщательную разведку, — сказала ворона, — и тогда мы решим, что делать.

— Разведка опасна, — сказал Железный Дровосек. — Пришельцы настороже, недаром они убивают безобидных птиц.

— Разведчики должны быть умными, наблюдательными и совершенно незаметными для врага, — подтвердил Страшила.

— Я не знаю никого, кто бы так годился для разведки, как гномы, — промолвила Кагги-Карр.

Страшила еще раз оценил ум вороны. И все с ним согласились.

— А теперь надо известить гномов, я сейчас же лечу в пещеру, — Кагги-Карр едва заикнулась, как опять задрожали стекла.

— Тысяча чертей! — заговорил Тилли-Вилли. — Мы

сделаем вот как: я пойду к крохам гномам, заберу их сколько потребуется и доставлю куда нужно. Мне на это понадобится совсем немного времени, клянусь рифами Куру-Ку-су и якорем!

Предложения велика-на члены Совета приняли без обсуждения: трудно было придумать что-либо лучшее. Он мог шагать со скоростью сорока миль в час. К тому же он, подобно Страшиле и Железно-му Дровосеку, не нуж-дался в отдыхе и сне, а значит, мог двигаться без перерыва. Сборы были совсем недолгими: Тилли-Вилли взял с собой корзи-ну с мягким мхом, да на всякий случай ему хоро-шенько смазали суста-вы — на это ушла бочка машинного масла. И вот Железный рыцарь шагает по дороге, вымощенной желтым кирпичом.

ОБИДА УРФИНА

Праздник Угощения в этот раз отменили ввиду чрезвычайности событий. С тех пор как Пришельцы поселились в Волшебной стране, обычная счастливая жизнь ее обитателей сразу нарушилась. Мигуны стали плохо спать — они так часто мигали, что глаза не слипались перед сном.

Жевуны перестали есть — они все время жевали и забывали глотать пищу. Какой уж тут праздник Угощения! Всем было не до него. Урфина это, конечно, страшно обидело, он думал — все забыли о Джюсе.

Он побежал домой, чтобы оттуда видеть, кто так чудовищно ревет в горах. Притаившись в темноте, он рассмотрел корабль инопланетян, похожий на громадный дом с круглыми окнами. А потом он опять вернулся к своим невеселым думам.

— Стоило прилететь каким-то людишкам с другой планеты, — рассуждал знаменитый огородник, — как Урфин уже никому не нужен. Вот возьму и сам съем все фрукты. Неси сюда чудо-блюдо дыню-финик, — обратился он к Гуамоко, — пусть они себе там хоть воюют, а мы с тобой пировать будем.

Мудрый филин прикатил чудо-дыню, которая была раз в пять больше его самого. Урфин вынес из дома стол, с трудом поднял на него сказочный фрукт.

Пока Джюс разрезал дыню большим ножом, по долькам крупными каплями тек ароматный сок, а у Гуамоко текли слюнки.

Сев за стол, они жадно принялись уплетать сочную сахарную мякоть.

— В этом году ты славно потрудился, хозяин, — сделал заключение, отрадное для ушей Урфина, филин, когда с дыней было покончено, — такой сладкой я еще не ел.

Урфин Джюс ничего не ответил. Забравшись под одеяло, он тут же уснул. Чего только ему не снилось: и как полчища Пришельцев наступают со всех концов на его дом с огородом, тянут к нему свои руки-щупальца и ревут:

— Где этот Урфин, мы хотим праздника Угощения.

Чтобы не отдавать иноземцам, Джюс начинает уплетать

одну дыню за другой, а верный Гуамоколатокинт прикатывает все новые и новые. Вот уже Урфин так наелся, что не может шевельнуться. Тогда филин режет дыню сам и сует ему дольки прямо в рот.

— Я же лопну! — кричит Урфин и просыпается.

Джюс выбежал во двор — там все спокойно: никаких инопланетян нет, на столе мирно лежали остатки чудо-дыни. Гуамоко сидел рядом с корками от дыни на столе. Один глаз у него уже проснулся. Увидев своего хозяина, он притворился спящим. Урфин всегда заставлял его что-нибудь делать по утрам: то выклевывать гусениц, то отгонять птиц от огорода. Но в этот час знаменитому огороднику было не до филина. Джюс привел в порядок свою тачку, кое-где починил, кое-где помыл, нагрузил ее фруктами.

— Эй, Гуамоко, хватит притворяться! — заворчал он на филина. — Я же видел, что у тебя глаз открыт.

— Это ничего не значит, — ответил филин. — Я сплю.

— Ну как хочешь, тогда я один пойду. — И Урфин покатил тачку.

— Зря стараешься, хозяин, праздника в честь твоих фруктов все равно не будет. Не то время! — проухал вслед, как только умеют филины, Гуамоко, не открывая глаз.

Урфин знал, куда идти, — всем жителям Волшебной страны от севера до юга и от запада до востока было известно, что Пришельцы поселились в замке Гуррикапа.

ГНОМЫ-РАЗВЕДЧИКИ

День бежал за днем, но арзаки потеряли им счет. Они трудились не покладая рук и давно измеряли время числом выложенных кирпичей, глубиной выкопанных колодцев, количеством спиленных деревьев.

С утра до вечера Ильсор руководил работами, успевал между делами обслуживать генерала.

Уже возвели ремонтные мастерские, заканчивали монтаж станции контроля за погодными условиями и сборку летательных машин.

Передвигаться небольшие, но быстрые вертолеты должны были по ночам. Благодаря новой бесшумной конструкции они издавали в полете сухой стрекот, какой бывает при взмахах крыльев. Кто обратит внимание в темноте на крылатые неясные силуэты, стрекочущие в небе среди легких облаков? Скорее всего, их примут за ночных птиц, отправившихся на охоту.

Иногда за ходом работ наблюдал сам Баан-Ну. Тогда Ильсор неслышно, как тень следовал за своим господином: вовремя подавал записную книжку, карандаш, почтительно докладывал о ходе дел, давал пояснения о некоторых отступлениях от первоначальных планов. Так, по усмотрению Ильсора готовили взлетные площадки для вертолетов. Это были совсем простые и потому надежные сооружения. Даже не сооружения. Самые обыкновенные круглые полянки в лесу с вырубленными под корень деревьями. Посредине полянки стоял вертолет. Сверху натягивали полупрозрачную маскировочную пленку — по виду большую цветную фотографию того места, на котором срубали деревья и кусты и строили площадку. Пленка колыхалась от малейшего ветра, еще больше усиливая сходство изображения с живым лесом. В любой момент она легко сбрасывалась, раскрывая вертолет, достаточно было дернуть за шнур.

Маскировочная пленка защищала вертолет от палящих лучей солнца, а случись непогода — могла бы защитить и от дождя. Рядом с каждой взлетной поляной стояла палатка для пилотов, где они могли выпить чашку чаю между полетами.

Несмотря на свою нетерпеливость, Баан-Ну оставался доволен Ильсором. Работа под руководством самого умного и послушного арзака кипела вовсю. Рабочие производили на свет действительно чудеса.

У менвитов, кроме надсмотра за арзаками, была иная забота. Всякое утро у них начиналось с зарядки. Они бегали, прыгали, крутились на турниках, гоняли мяч по лужайкам, вытаптывая нежную шелковистую траву страны Гуррикапа и ее волшебные цветы: белые, розовые, голубые. Они любили различные соревнования и устраивали их даже здесь, готовясь к войне с землянами. Одним из видов соревнований, самым любимым, был для инопланетян конкурс мускулов. На нем побеждали самые тренированные: у кого были наиболее сильные мышцы (которые перекатывались под кожей, как шары) и кто умел лучше других управлять ими.

Баан-Ну в основном проводил свое время в замке. Ремонт заброшенного жилища Гуррикапа подходил к концу. Давно готовы были покои генерала с личным кабинетом и жилые комнаты Пришельцев. Для обогрева поставили камины, теперь температура ночью в залах дворца поддерживалась такая же, как в домах на Рамерии, и менвиты не зябли.

Генерал уединялся в кабинете со своим неразлучным красным портфелем.

«Итак, следую дальше твоим означенным курсом, о великий Гван-Ло, — этими словами Баан-Ну каждый раз продолжал свой любимый труд — историческую книгу «Завоевание

Беллиоры». — Который уже день подряд Беллиора имеет счастье принимать лучших представителей Рамерии во главе с достойнейшим генералом Баан-Ну».

Генерал даже вспотел от напряжения, выписывая такие знаменательные слова. Перечитав последнюю строчку, он выпрямился и принял позу достойнейшего: подперев подбородок рукой, возвел глаза к небу. Обтерев носовым платком из тончайших кружев лоб, Баан-Ну снова взял ручку и приступил к самому главному: рассказу про то, как он завоевывает планету. Тут он не забыл похвалить природу Земли.

«Благоухающий цветущий сад, — расписывал он, — тот райский уголок, о каких только приходится мечтать».

Затем перешел к ужасам. Он, видите ли, никогда и представить не мог таких дремучих лесов.

«Покорение Беллиоры приходится начинать с ее первобытных чащ. Диких зверей в чащобах тьма-тьмущая, они ревут, трубят, мяукают и лают, — захлебываясь от собственной фантазии, писал Баан-Ну. — То настоящая симфония воплей по ночам. А их глаза? Полчища светящихся зеленых огней, которые горят ярче изумрудов на башнях удивительного города. Подобные изумруды только дети наши рисуют на картинках».

Баан-Ну сам выдумывал разных страшилищ с клыками и копытами и описывал жестокие поединки, в которых всегда побеждал.

О пушках, военных кораблях, укреплениях, которые он видел со звездолета, генерал молчал, понимая: если написать о них, ему непременно придется отчитываться о военных операциях, которые он проводит, и тут уж надо говорить правду, а не выдумывать.

О жителях страны Гуррикапа генерал тоже ничего не сказал, кроме того, что их охраняют великаны. Схватку с одним великаном, жилище которого менвиты захватили, Баан-Ну только начал описывать. Он успел рассказать, какие у этого великана кастрюли — с бассейн, какие шкафы — с пятиэтажный дом, как кто-то самым бесцеремонным образом выхватил у него из рук листок с описанием такого крупного исторического события и скрылся в открытом окне.

Генерал настолько был поражен кражей, что едва успел заметить черное оперение птицы. И еще у него блеснули в глазах алмазные колечки, он готов был поклясться, что видел их на лапах птицы. Но он не был точно уверен. Он даже не попытался взять лучевой пистолет из ящика стола. Вытащив из портфеля чистый лист бумаги, он торопливо застрочил ручкой, описывая свой поединок со страшной птицей-драконом, у которого на лапах блестели кольца с алмазами.

Маленький эпизод с птицей не ухудшил настроения торжества, какое переживал Баан-Ну. Как будто генерал уже всего достиг на Беллиоре и всех покорил. Немалую роль тут играла не в меру разыгравшаяся фантазия Баан-Ну. Новая планета нравилась ему все больше, рукопись продвигалась отлично, поэтому в его глазах так и полыхал огонь самоуверенности. Менвит не мог его спрятать, даже когда в кабинете появлялся Ильсор с лимонадом или кофе на подносе. Генерал все снисходительнее похлопывал слугу по плечу и в который раз спрашивал:

— Ну что, Ильсор, здорово мы сделали, что явились на Беллиору?

А раб послушно отвечал:

— Мое мнение — это мнение моего господина, — и кланялся для большей убедительности.

— Да, да, Ильсор, я знаю, — улыбался Баан-Ну, — ты самый верный слуга.

Вождь арзаков снова и снова кланялся, чтобы скрыть усмешку.

Ильсор тоже постоянно думал, но не о прославлении рамерийского генерала. Не раз предпринимал он вылазки за пределы Ранавира, едва Баан-Ну засыпал безмятежным сном победителя, а победители засыпают рано.

Ильсор добрался до какой-то деревни рудокопов. Он тихо-тихо подошел к ближайшему домику и встал под окном. Он услыхал верещание ткацкого станка, похожее на музыку, потом увидел самого ткача — плотного, подвижного, уверенного в себе старика. Ткач подошел к маленькой старушке, очевидно жене. Подал ей пустую кастрюльку. Заговорил,

видно, об ужине. Он, наверное, любил свой станок, но и о еде
не забывал. Арзак очень внимательно прислушивался к раз-
говору стариков.

— Свари-ка мне, Эльвина, цыпленка, — сказал ткач, — у
тебя же их много развелось.

— Рано еще, — ответила Эльвина, — они не подросли.

Если бы Ильсор мог понять из их разговора хотя бы самую малость! Но он слышал слова, которые казались ему не
меньшим бормотанием, чем птицам разговор Пришельцев.
Вождь арзаков понял, какое огромное препятствие лежит
между ними и землянами. Как сказать, если не знаешь языка? Трудно же понять друг друга.

Ильсор совершил вылазку в другую сторону, поближе к
Кругосветным горам, и набрел на жилище Урфина. И в этот
раз он не разобрал ни слова в языке землянина, говорившего
с филином. Но он сделал открытие, изумившее его. Землянин
и филин беседовали друг с другом!

— Обученная птица? — удивился вождь арзаков. — Но

непохоже, чтобы она повторяла заученные слова, как попугай. Она сама разговаривает, она мыслит!

Тилли-Вилли быстро, как и обещал, дошагал до пещеры гномов, после гибели колдуньи Арахны — свободных людей Волшебного края. Единственной и приятной обязанностью их по наказу Страшилы оставалось ведение летописи.

Железный рыцарь поудобнее во весь свой рост растянулся на земле. Он хоть и был тяжелым, но пружины его, прилаженные моряком Чарли и мастерами Мигунами, работали исправно, Тилли-Вилли легко и свободно опускался и вставал, при этом даже скрипа не слышалось.

Самым тихим голосом, на какой был способен, рыцарь позвал старейшину летописцев:

— Эй, Кастальо! Друг старейшина! Гром и молнии! Гномы! Выходите из пещеры. Мне надо, проглоти меня акула, с вами поговорить!

Гномы не заставили себя ждать. Они толпами окружили великана, глаза его перекатывались туда-сюда.

— От вас ждут важной услуги в Изумрудном городе, — сказал Тилли-Вилли гномам, — Страшила считает вас самыми лучшими разведчиками. Вам надо разузнать всю правду о Пришельцах.

— Пожелание Страшилы Мудрого для нас все равно что приказ, — отозвался Кастальо. — Но мы пойдем по доброй воле. Можно ли держаться в стороне, когда Изумрудному городу грозит беда?

Момент — и маленькие человечки собрались. Захватывать с собой рюкзаки с одеждой и капканы для ловли кроликов они не стали — ни к чему, не в поход шли, а с особым заданием. Можно было потерпеть со всем, что мешало разведке. На время задания одежду они собирались стирать в ручьях, а питаться гномы и в мирное время любили орехами и ягодами. Вот щетки зубные и мыло разведчики все-таки засунули в карманы, очень уж они любили умываться. Главное же — они не забыли надеть серые плащи с капюшонами. Когда гном заворачивался с головы до ног в такой плащ и лежал, похожий на клубок, где-нибудь в яме или стоял на дороге столбиком, он был неотличим от серого камня, каких

множество валяется в рощах Волшебной страны. Недаром Касталью любил повторять:

— Мы непревзойденные знатоки маскировки.

В корзину с мягкой подстилкой из мха взобралось несколько сотен гномов, — столько, сколько поместилось. Команду над ними взял, как всегда, Касталью.

Длинноногий рыцарь отмахал большое расстояние, доставив самое зоркое войско в лес перед заброшенным замком. Гномы разбрелись во все стороны и скоро в разных местах проникли на территорию инопланетян.

Никто из Пришельцев не догадывался, но что бы ни делали арзаки, понукаемые менвитами, — строили взлетные площадки для вертолетов, рыли колодец или готовили пищу, — всюду за ними наблюдали внимательные глаза-бусины. Гномы выглядывали из кустов, из-за камней, влезали на различное оборудование, выгруженное из «Диавоны». Нашлись смельчаки во главе с Касталью, которые пробрались даже в космический корабль и осмотрели его устройство, хотя ничего в нем не поняли.

«Шурх-шурх!» — слышалось временами в лагере Пришельцев, но даже самый дотошный наблюдатель-менвит подумал бы, что это какое-нибудь насекомое крыльями прошуршало или проползло, а больше ничего не подумал.

Гномы аккуратным почерком заносили свои наблюдения на крохотные клочки бумаги, и карандаши у них были карлики — никто, кроме их владельцев, ими пользоваться не мог.

Донесения гномов были очень удобны для птиц, незамедлительно доставлявших их в Изумрудный город. Касталью свертывал бумажные клочки в трубки и прикреплял травинками к лапам посыльных: пересмешника, свиристели, золотого дятла. Но разобрать их было совсем нелегко, если бы не изобретательный ум мастера Лестара да еще Ружеро, которые придумали, как можно соорудить микроскоп из нескольких увеличительных стекол и нескольких капель воды. Страшиле даже при самом большом напряжении, когда иголки выскакивали из его головы и топорщились, как у ежа, ни за что бы не прочитать их.

Тилли-Вилли нашел место, где прятаться в глухом лесу на значительном расстоянии от замка. Там в незапамятную пору Гуррикап построил павильон, в котором отдыхал во время прогулок. Тилли-Вилли тоже, принося депеши Страшилы, располагался в павильоне и внимательно следил за дорогой, чтобы его не обнаружил какой-нибудь забредший сюда случайно инопланетянин. В крайнем случае рыцарь должен был забрать Пришельца в плен: связать и унести в Изумрудный дворец.

Приказы за Правителя по-прежнему писали фельдмаршал или Страж Ворот. Страшила читал хорошо, а вот искусство письма ему никак не давалось — такое случается иногда в Волшебной стране.

Страшила и его друзья находились в курсе всего, что происходило у замка Гуррикапа, но они не разгадали, зачем явились инопланетяне в их уединенный край. Много раз, сидя у экрана волшебного телевизора, самым внимательным образом Страшила с Дровосеком вглядывались в работающих или распоряжающихся иноземцев, но это им ничего не объясняло.

Гномы между тем повсюду следовали за Пришельцами. В разговорах инопланетян особенно часто повторялись два слова: «менвиты» и «арзаки». Немного времени понадобилось проницательному Кастальо, как он уже догадался: «менвитами» назывались господа, «арзаками» — рабы. Часто произносилось также слово «Рамерия», причем говоривший обычно смотрел вверх, куда-то на небо. Кастальо пытался проследить за взглядом инопланетянина, тоже смотрел вверх, а поскольку это случалось и ночью, он не однажды видел перед собой Луну. Вот почему старейшина гномов решил, что Рамерией на языке Пришельцев зовется Луна: оттуда они, по мнению Кастальо, прилетели на Землю.

ПОХИЩЕНИЕ МЕНТАХО

Было время, когда глубоко под Волшебной страной в исполинской Пещере жили люди. Их звали рудокопами, потому что они добывали в шахтах металлы и драгоценные камни. Но их еще звали подземными за то, что они жили и работали под землей.

Много столетий трудились подземные рудокопы в поте лица, а все-таки бедствовали. Потому что ими правили семь королей-лентяев, которые сами ничего не делали, а жить любили роскошно, и не только сами, но приучили к праздной жизни целую армию слуг.

На счастье рудокопов, в Пещере однажды появились Элли и ее троюродный брат Фред, заблудившиеся во время прогулки в горах и занесенные к рудокопам подземной рекой.

Вот тогда-то и кончилась власть семи королей. Мудрый Страшила придумал ловкий трюк: надоумил рудокопов напоить властителей Усыпительной водой. Короли проснулись ничего не ведающими младенцами, и им внушили, что они раньше вели скромную жизнь ремесленников: один был ткачом, другой — кузнецом, третий — хлебопашцем...

Рудокопы оставили Пещеру и построили деревни по соседству с Жевунами под горячим солнцем Волшебной страны. Они занялись, как другие жители страны Гуррикапа, земледелием, и только бригады рабочих поочередно спускались под землю добывать медь, железо и другие металлы, без которых не обойтись ни в одном государстве.

Ментахо был когда-то самым чванливым подземным королем, он ужасно гордился своим происхождением. Бывший король, а теперь ткач, и его жена старушка Эльвина жили

на окраине деревни рудокопов в скромном чистом домике, к которому очень привыкли. Их-то и видел Ильсор во время своего разведывательного похода.

Днем Ментахо сидел за ткацким станком, если не сидел, то очень скучал по его пению и всегда приговаривал: «Нет ничего лучше работы ткача», а вечером выходил поболтать с соседями. Эльвина хлопотала по хозяйству, копалась в огороде, разводила кур и уток. Оба были вполне довольны судьбой и совершенно забыли, что когда-то носили королевские мантии и повелевали сотнями людей.

Однажды утром Ментахо и Эльвина спокойно завтракали, как вдруг дверь их домика распахнулась. В комнату, согнувшись вдвое, так он был высок ростом, протиснулся незнакомец в кожаном комбинезоне. Он глядел на них приказывающим взглядом, которому Ментахо с Эльвиной не смогли противостоять. Они подняли глаза на незнакомца, да так и смотрели не отрываясь, оторопев от ужаса. Даже закричать не смогли.

Вошедший, это был Мон-Со, одной рукой сгреб Ментахо, а ткач был совсем немалого роста, Эльвину как перышко подхватил другой и, подталкивая, вывел их на улицу. Перед крыльцом ткач и его жена увидели непонятную машину, но им не дали ее рассмотреть. Похититель втолкнул стариков в кабину, защелкнул дверцу, и машина взмыла вверх. Эльвина

67

страшно перепугалась. Ментахо тоже волновался, неизвестность пугала его.

Прошло немало времени, и Ментахо начал кое-что соображать. Он не раз летал на драконах, и теперь то, что происходило с ним и Эльвиной, было похоже на полет.

— Не бойся, старушка, — сказал Ментахо. — Эта штука, этот зверь, что нас несет, наверняка вроде дракона. Владелец его вряд ли причинит нам вред. Зачем ему это делать на небе? Нас забрали в плен. Хотя я не могу понять, зачем мы понадобились.

Слова мужа немного успокоили Эльвину. Старушка даже украдкой взглянула в окно на поля и леса, что смутно виднелись внизу.

Летели час или больше, только спустя время вертолет, ведомый Мон-Со, оказался в Ранавире. Машина плавно спустилась, и Ментахо увидел замок. Конечно, это могло быть только жилище Гуррикапа, где поселились Пришельцы.

Ментахо и Эльвину провели прямо в кабинет инопланетного генерала.

Луч света, проникающий сквозь розоватые стекла окон, освещал стройную фигуру менвита, золотое и серебряное шитье орденов. Быть может, потому инопланетянин казался Ментахо и Эльвине таким сияющим, светились его лицо, волосы, борода.

— Операция прошла успешно, мой генерал, — доложил летчик.

— Хорошо, Мон-Со, подведите их ближе.

Баан-Ну, казалось, был сбит с толку, когда пленники приблизились. У него даже появилось подозрение, что к нему привели не захваченных беллиорцев, а переодетых арзаков — они только цветом кожи отличались, а так походили друг на друга, как братья.

Ошибка исключалась, операцию выполнял верный Мон-Со. Однако поразительное сходство беллиорцев и арзаков смутило генерала.

Ментахо чувствовал на себе пристальный взгляд Баан-Ну, но смотреть сам в ответ почему-то боялся. Он знал: опасности надо глядеть в глаза, лишь тогда она становится менее страшной. И, поборов себя, он поднял голову. Ментахо ошибся, как раз самым страшным оказалось смотреть в глаза. Ткач уже не мог оторвать своего взгляда от лица генерала. Какая-то тайная сила удерживала его, и он помимо воли смотрел и смотрел в глаза инопланетянина, словно ожидая приказа, которому он готов подчиниться.

«Что это со мной? — думал Ментахо. — Что же я такой чудной стал? Уже и не вижу как будто ничего, не слышу, и воли своей нет. Я как сплю, — и он на самом деле зевнул. — Так нельзя, так нельзя», — приказывал Ментахо себе, из последних сил борясь со сном. Менвит же не думал повелевать, он просто задумался, и его глаза случайно остановились на лице Ментахо. Генерал продолжал размышлять о порази-

тельном сходстве между арзаками и пленниками. Уж не перебрались ли в отдаленные времена их предки с одной планеты на другую?

«Надо переходить к действиям, — приказал себе Баан-Ну. — Надо срочно покорять землян. Не то арзаки увидят в них родственников и встанут на их сторону. Впрочем, этого быть не может. Они послушные рабы». От досады генерал все же помрачнел. Он холодно приказал Мон-Со увести пленников. Ментахо и Эльвину заперли в помещение вроде сарая, где лежали части машин, и там старики просидели остаток ночи без сна, вздыхая и раздумывая над тем, какая участь им уготована. Там они под утро и заснули.

71

ГОВОРИЛЬНАЯ МАШИНА

Проснулся Ментахо в маленькой уютной комнате. Там все было приготовлено для удобной жизни: стояли две кровати, посередине стол и несколько стульев, небольшой шкаф с посудой и все. Нет, не все. Повернувшись, Ментахо увидел за собой в углу какой-то диковинный предмет, блестящий, как маленький рояль, из него доносился невнятный шорох и легкое попискивание. Ткач долго не раздумывал, ему хотелось есть, тем более на столе ждал сытный завтрак.

Пленники поспешили к еде. Усаживаясь на стуле, Эльвина не утерпела, спросила:

— Где это мы, Господи?

— Где это мы, Господи? — повторил кто-то, Эльвина и Ментахо оглянулись: в комнате никого, кроме них.

Завтракали в полном молчании. Поев, Ментахо пришел в великолепное расположение духа, в какое всегда приходил после вкусной пищи, особенно после пирогов и взбитых сливок, а именно их сегодня подали к столу. Он откинулся на стуле, удовлетворенно сказал:

— Не робей, старушка, мы с тобой еще поживем!

Вдруг машина, похожая на рояль, мигнула, щелкнула, из нее раздался голос, точь-в-точь Ментахо:

— Не робей, старушка, мы с тобой еще поживем!

— Бог мой, да что же это такое? — в испуге вскрикнула Эльвина.

И машина тонким голосом тоже вскрикнула:

— Бог мой, да что же это такое?

Ментахо задумался, и вдруг его осенило:

— Я догадался: это говорильная машина, — сказал он Эльвине.

Машина тотчас скопировала его слова. Ментахо подошел к окну. Оно было затянуто тонкой, но прочной сеткой из металла. Никаких сомнений — они пленники.

А машина, щелкнув и трижды мигнув, заговорила на разные голоса:

— Не робей, мой Бог, я догадался, что это такое, старушка. Мы с тобой еще поживем, говорильная машина... Господи, где...

Машина строила фразы на языке землян, пользуясь услышанными словами и переставляя их так и сяк, как детские кубики на полу. В некоторых фразах не было никакого прока, другие получались осмысленными.

Бывший король и его жена додумались, зачем их похитили. Пришельцы с их помощью хотят изучить язык землян. Сметливому Ментахо стало не по себе. Уж если чужестранцам понадобился язык жителей Волшебной страны, значит, они собираются поселиться надолго. Ментахо вспомнил взгляд того Главного Пришельца, к которому их с Эльвиной приводили. У ткача мурашки пробежали по коже. От такого взгляда никуда не деться.

— Попробую-ка я не глядеть ему в глаза, — решил Ментахо, — должен же я осмотреться, разобраться во всем, не будь я Ментахо.

— Меня не проведешь, — сказал бывший король вслух.

— Меня не проведешь, — опять повторился его голос.

— Ты чего дразнишься? — не вытерпел Ментахо.

— Ты чего дразнишься? — отозвалась машина.

— Ладно, и тебя одолеем, — махнул рукой Ментахо.

Машина проворчала то же самое, и снова наступило молчание.

У говорильной машины в запасе было слишком мало слов землян, и она ждала, когда пленники заговорят снова. Ментахо не хотелось оказывать услугу своим похитителям, он бы охотно молчал все время, но ему волей-неволей приходилось говорить с женой. Инопланетяне хитро сделали, похитив мужа и жену.

Не одна говорильная машина ждала. Ждал сообщений о пленниках генерал Баан-Ну. Он, как всегда, был занят любимым трудом — писал историческую книгу «Завоевание Беллиоры».

«Итак, следую дальше, — начал генерал новую страницу, — с тех пор, как меня посетил дракон...» — тут Баан-Ну задумался. На этот раз известия о работе говорильной машины с пленниками волновали его сильнее, чем собственная фантазия. Но она стала бы неистощимой, знай генерал, как недалек он от истины: в стране Гуррикапа водились настоящие драконы.

Машина жадно глотала слова землян, к вечеру их запас достиг несколько сотен. Но вот в ее работе появилось нечто новое. Она стала разгадывать смысл некоторых слов, говорила, например, слово «хлеб», а вслед за ним слышалось — «нобар», после слова «вода» говорилось «эссор». Ментахо слушал и невольно запоминал.

— Значит, хлеб — нобар, — бормотал он, — а вода — эссор.

Память ткача обогащалась все новыми словами менвитского языка. И он понял, что становится переводчиком.

— Ну уж служить Пришельцам не буду! — сопротивлялся он, а сам продолжал запоминать слова. — А если я трахну по этой говорильне? — Ментахо перевернул стол ножками вверх, собираясь бросить его на машину. Однако бывший король вовремя спохватился. Он как-никак пленник Пришельцев. Если не подчинится, что они надумают тогда? Больше всего Ментахо боялся за Эльвину — он ведь нежно любил свою жену.

— Ладно, коли на то пошло, буду изучать их проклятый

язык! — гневно воскликнул ткач. — Может, он мне еще пригодится.

Щелкнул замок, отворилась дверь, и вошел человек. Он поставил на стол прохладительные напитки, бутерброды и, показав на себя, назвался:

— Ильсор.

— Ильсор, — повторила машина в углу. Если бы не очень бледная кожа, Ментахо с Эльвиной приняли бы Ильсора за жителя Волшебной страны: то же открытое лицо, добрые глаза, внушающие доверие.

Ментахо назвал себя и Эльвину.

А Ильсор растворил дверь, быстро осмотрелся и поманил Ментахо за собой. За ним было пошла и Эльвина, но Ильсор молча покачал головой. Главный техник арзаков привел Ментахо в густую рощу в окрестностях замка и показал на груду серых камней, торчащих ровными столбиками.

— Не унывай, Ментахо, — так держать! — послышался шепот откуда-то снизу.

Разобрав присловье Великана из-за гор, Ментахо всмотрелся в камни. Один из столбиков, качнувшись, зашевелился,

и ткач увидел у своих ног маленького старичка с длинной белой бородой.

— Я Касталью, старейшина гномов, — представился старичок. — И принес тебе вести от Страшилы. На твою долю, Ментахо, выпала честь стать глазами и ушами землян в стане врагов.

Пораженный Ментахо молчал.

— Постарайся понять язык чужестранцев, — продолжал старейшина. — Мы должны знать намерения Пришельцев.

Ильсор снова поманил Ментахо за собой и отвел его к Эльвине.

Ткач хотел сказать Ильсору «спасибо», но не знал, как произнести по-менвитски. Тогда он показал рукой на поднос с прохладительными напитками и бутербродами и закричал:

— Нобар! Эссор!

В тот же день среди инопланетян разнесся слух, будто бы беллиорец-пленник делает серьезные успехи в изучении менвитского языка.

УСТАНОВКА РАДАРОВ

После исчезновения Ментахо и его жены рудокопы с Жевунами стали на ночь запираться в своих жилищах на маленькие деревянные засовы. Хоть такая защита была не очень надежная, чувствовали они себя все же спокойнее. Совсем робкие жители, те, что хотели быть в полной безопасности, перебрались на жительство в Подземную пещеру.

Инопланетяне смекнули, что их пребывание в Ранавире для землян больше не тайна. Да разве скроешься, когда по лесным окрестностям бродил не какой-нибудь десяток людей, а экипаж огромного космического звездолета! И когда арзаки работали, тут уж были и всполохи огня, которые не спрячешь, и стук, грохот, рокотание, которые гулко отдавались в горах, а потом их разносило эхо. Пришельцы перестали таиться. Стрекочущие вертолеты появлялись над страной днем, с них производили съемки, составляли карту.

Как магнит притягивал инопланетян Изумрудный город. Иной раз вертолет подолгу висел над ним, менвиты любовались его красотой: ничего подобного не было на Рамерии.

Из Ранавира отправлялись партии геологов — вертолеты требовали топлива. От Кругосветных гор по-прежнему доставляли все новые пробы, а Ильсор недовольно твердил:

— Низкое качество. Не пригодно.

Баан-Ну он объяснял:

— Из худа не сделаешь хорошо, мой генерал. Зачем рисковать вертолетами? И время терпит — народ миролюбивый.

На западных отрогах Кругосветных гор геологи обнаружили две заброшенные шахты и вблизи них небольшие курганы из каменных пород, извлеченных из этих шахт. Установить, что добывали в шахтах прежде, не составило труда. В отработанных породах обнаружили прозрачные зеленые крупинки того минерала, который дал название прекрасному городу землян.

О ценной находке сообщили Баан-Ну, и нужно было видеть, как засверкали его глаза, когда он узнал о существовании Изумрудных копей.

К очистке шахт и креплению сводов подземных галерей приступили без промедления. Два десятка арзаков под присмотром геолога-менвита уже через два дня добыли первые изумруды. Некоторые из них были величиной с грецкий орех. Генерал боялся верить такой крупной удаче: на Рамерии изумруды ценились не дешевле алмазов, и добытые драгоценности исчезли в его сейфе. Любуясь по вечерам их переливами, Баан-Ну думал о неисчислимых сокровищах Изумрудного города. Он не знал, что рядом с настоящими изумрудами хитроумный Гудвин поместил просто зеленое стекло.

— Когда я заберу отсюда все сокровища, я стану великим богачом Рамерии, — мечтал Баан-Ну, и глаза его блестели.

Ментахо и Ильсор виделись каждый день. Появляясь в дверях каморки затворников, Ильсор, улыбаясь, приветствовал их:

— Теру, меруи!

От говорильной машины Ментахо уже знал — это означает:

— Здравствуйте, друзья!

77

— Теру, теру, — отвечал ткач, — эм ното Каросси! —
Что значило: «Здравствуй, здравствуй, рад тебя видеть!»

Вождь арзаков и бывший король смотрели друг на друга
с искренним дружелюбием. Однако разговор все еще клеился
плохо. Ильсор передал генералу, что говорильная машина
медленно справляется со своими обязанностями, и предложил собственные услуги.

— Беллиорец, — сказал он, — должен говорить на менвитском языке без передышки. Мой план такой: нужны впечатления. Жизнь, лишенная впечатлений, не располагает к
откровенным разговорам.

Баан-Ну одобрил план Ильсора и разрешил ему действовать самостоятельно. Послушный слуга разузнал, чем Ментахо
хо увлекался. И в тот же день ткач сидел за своим станком;
были довольны оба и пели оба: станок верещал от радости, и
это было похоже на музыку, а Ментахо мурлыкал про себя
песенку.

Ментахо сразу прибавил в знании языка. Он занимался
усердно, и машина ставила ему за ответы «10», «11», «12» —
таковы были высшие баллы у менвитов.

— Ты прав, Ильсор, — говорил генерал, — и верно: много впечатлений — много слов.

— А много слов, — поддакивал слуга, — вы ближе к цели — установлению своего господства.

— Мне известен еще один способ расшевелить людей, — уверенно заявил Баан-Ну, — он безотказный, он даст самые большие результаты.

Генерал вытащил из шкатулки два прозрачных изумруда. В комнате пленников он положил их перед Ментахо.

— Ну-ка, гляди-ка сюда, — нетерпеливо придвинул Баан-Ну драгоценности ткачу.

Машина тут же переводила.

Ткач посмотрел.

— Угу, — сказал он.

Машина молчала.

— Нравится? — спросил генерал.

— Угу, — кивнул Ментахо.

Машина не смогла перевести это «угу», а ткач больше ничего не говорил. Баан-Ну сидел озадаченный. Увидев скучающий взгляд Ментахо, он понял — его камушки не подействовали, и рассердился.

— Что, неинтересно смотреть на изумруды? — спросил он Ментахо.

— Угу, — снова ответил ткач.

Генерал решил, что «угу» — какое-то главное, хотя и не переводимое слово у землян.

И вот бывший король знает назубок менвитский алфавит, прочел букварь, приступил к чтению хрестоматии менвитской литературы. Свободно разговаривать на языке Пришельцев он с помощью Ильсора совсем скоро научился. Ильсор управлял говорильной машиной, заставляя ее с непостижимой быстротой запоминать все новые и новые слова землян, сообщать также, как эти слова произносятся по-менвитски.

Зато Эльвина попала в безнадежно отстающие, у старушки не было никакого желания учить язык незваных гостей.

Когда, по мнению Баан-Ну, пленник достаточно усвоил менвитский язык, а говорильная машина могла бесперебойно (столько много в ней содержалось информации) делать переводы, генерал в сопровождении Ильсора прибыл в комнату затворников для беседы с Ментахо.

Баан-Ну первым делом принялся расспрашивать пленника о его стране. Ментахо вел себя осторожно: он уже получил наставления от Страшилы, что и как говорить. Рассказывать, что страна Волшебная, было не нужно. Строго-настрого запрещалось упоминать о сказочных феях Стелле и Виллине. Нельзя было проговориться, что птицы и звери понимают человеческую речь. Существование Страшилы и Дровосека тоже должно было остаться тайной.

— Скажи, Ментахо, как называется страна, в которой мы находимся? — спросил генерал.

Машина вздыхала, мигала, попискивала, старательно переводя то на один язык, то на другой.

— Гудвиния, господин генерал, — ответил ткач по-менвитски.

— А почему она так называется? — последовал вопрос.

— По имени Гудвина, который прославился военными подвигами, — сказал, не сморгнув, Ментахо, но, правда, сказал на своем языке, сочинять на чужом ему было еще трудно.

— Гудвин — король? — спросил генерал. Получив утвердительный ответ, он поинтересовался: — Значит, у вас были войны?

— Еще какие! — похвастался Ментахо. — Армия Гудвина славится необычайной храбростью. Она одержала победы над могущественными государствами Гингемией и Бастиндией.

Ткач плутовал, но пользовался подлинными именами, чтобы не запутаться.

— У вас есть пушки? — продолжал расспросы Главный Пришелец.

— Пушка у нас только одна, — честно признался Ментахо, — но зато какая! Одним выстрелом может положить целую армию деревянных солдат.

— Каких солдат? — не понял генерал.

Ментахо сказал лишнее и молчал. Баан-Ну решил — говорильная машина сделала неверный перевод.

Как бы там ни было, разговор инопланетянину нравился меньше и меньше.

— Ну, а Гудвин продолжает править страной? — поинтересовался он.

— Нет, господин генерал. Он улетел на Солнце.

— То есть как улетел?

— На этом, на воздушном...

— Корабле? — спросил генерал.

— Вот-вот, — подтвердил ткач.

Заявление о межпланетном путешествии Гудвина (а именно так понял его полет Баан-Ну) подействовало на генерала удручающе. Он поморщился, но продолжал расспросы.

— Скажи, друг Ментахо, кто жил в Ранавире? — нечаянно назвал ткача «другом» Баан-Ну, до того он был озабочен. — Такой громадный замок...

Ментахо догадался: его спрашивают про владельца замка. Но он ничего о Гуррикапе не знал. Все же ткач не растерялся.

— А... это так, — неопределенно махнул он рукой, — строитель замка Гуррикап.

— В Гудвинии есть великаны? — с колотящимся сердцем задал свой главный вопрос Баан-Ну.

— Куда им деваться? Водятся еще, — как ни в чем не бывало сказал Ментахо.

Холодный пот вдруг прошиб рамерийца, но он, пока не узнал подробности, продолжал беседу.

— У великанов свое королевство? — как можно невозмутимее спросил он.

— Нет, великаны живут поодиночке, — рассказывал Ментахо. — Видите ли, они настолько свирепы, что не могут ужиться друг с другом. Как встретятся, так и начинают швырять один в другого камни.

Хоть король Ментахо и превратился под действием Усыпительной воды в ткача, характер его положительно не менялся. Лгал он вдохновенно, с полной самоотдачей, при этом глядел в глаза собеседнику — продолговатые, суровые, от рассказа ткача изумленно расширившиеся. Лгал он по-королевски!

Главный менвит молчал, растерянность подвела его. Он даже про свой взгляд забыл, а то бы мог приказать что угодно, например говорить правду.

81

Встретившись в следующий раз с Ментахо, Баан-Ну менял порядок вопросов, задавал их врасплох. В ответах ткача повторялись все те же имена.

«Нет, невозможно допустить, что этот легкомысленный человек, этот вертопрах, врет, — размышлял генерал. — Ну, конечно, привирает. Характер у него широкий, но, думаю, самую малость».

С момента приземления Баан-Ну не раз вспоминал о том, что правитель Рамерии Гван-Ло ждет от него сигнала о покорении Беллиоры. Надо было торопиться.

Прежде всего инопланетяне окружили Гудвинию цепью радарных установок.

Баан-Ну приказал расставлять радары километрах в пятидесяти один от другого. Так обеспечивалась, по его мнению, полная защита границы между Гудвинией и Большим миром.

Пушки выгрузили из «Диавоны», но радары пришлось строить.

Пока арзаки монтировали установки, вертолетчики-менвиты поднимались на самые высокие вершины Кругосветных гор, расчищали площадки, ставили поворотные круги для пушек. Вращающаяся антенна радара улавливала приближение любого живого существа, электронное устройство посылало радиосигнал в Ранавир, а кроме того, наводило самозаряжающуюся пушку на живую цель.

Работы были закончены. Но установки не включались. Целый час их держали на ограничителе, чтобы дать возможность вертолетам улететь в лагерь.

Надежность установленной системы один из летчиков испытал на себе. У него неожиданно провисла дверца вертолета, и, налаживая ее, он провозился больше часа. Занятый починкой, пилот не сориентировался во времени, забыл про ограничитель, а когда пустился вдогонку за остальными, вслед ему грянул выстрел. Летчик был ранен, хорошо еще, не убит, и с большим трудом посадил вертолет на дно ущелья. Как же он изумился, когда к нему в палатку, где он лежал забинтованный, прибыл посыльный от Баан-Ну (конечно, это был Ильсор) и принес вместо выговора приказ о награждении орденом Луны.

Так высоко Баан-Ну оценил вовсе не ротозейство летчика. Но благодаря ему он теперь был спокоен: никто не сможет незамеченным проникнуть в страну, где приземлились рамерийцы. И также, если вдруг жителям Гудвинии потребуется помощь, никто из них тайно не пройдет в Большой мир.

СХВАТКА ГОРИЭКА

Выполняя приказ Страшилы Мудрого и его друзей, Ментахо сумел расположить к себе Пришельцев. Немало позаботился об этом Ильсор. Он на все лады расхваливал пленника-беллиорца перед Баан-Ну.

— Разумный, способный, восприимчивый, — говорил он. — Ментахо оказывает нам неоценимые услуги с простодушием, свойственным ему.

Бывшему королю и Эльвине даже разрешили без всякой охраны разгуливать вокруг домика, где их поселили, и дверь держали незапертой. Относительная свобода была очень кстати, чтобы чаще встречаться с Кастальо. Частые прогулки ткача с женой в лес не вызывали подозрений. Старики уходили по грибы. Ментахо не делал секрета из того, что любит поесть. А аккуратная Эльвина в чистом передничке не забывала прихватить с собой корзину и наполняла ее грибами.

Как говорится, ум хорошо, а два лучше. Ментахо был хитрый, а Ильсор умный. И вот однажды Ильсор надоумил Ментахо на такое дело, которое порядком обескуражило рамерийцев, а об Ильсоре сказало, как о большом друге землян. Это была настоящая военная хитрость, о которой Кастальо написал Страшиле, и тот пришел в совершенно неописуемый восторг, даже пустился в пляс, как в прежние времена, напевая:

— Эй-гей-гей-го! У нас удивительный друг! Эй-гей-гей-гей-го!

Ильсор давно заприметил рыцаря Тилли-Вилли. И поскольку сам был изобретателем, подивился, с каким умением сделан этот железный человек, как прекрасно отлажен его механизм.

Совет Ильсора был простой. Тилли-Вилли начал появляться на дорогах страны, стараясь как можно чаще попадаться на глаза рамерийским летчикам. Но встречался он им все в новых местах, ему было нетрудно пробегать дальнее расстояние при его длинных ногах. А самое главное, он принимал всякий раз новое обличье: то он был серо-стального цвета, то бронзово-желтый, то зеленый с черными пятнами, наподобие огромной ящерицы, то на его плечах красовалась какая-нибудь яркая накидка, закрывавшая его с головы до ног.

Летчики были убеждены, что видят разных великанов. Генералу приносили все новые фотографии огромных рыцарей. А превращения совершались без всяких затей. Внутри Тилли-Вилли в кабине, в которой мог поместиться человек, сидел Лестар, не только лучший мастер страны Мигунов, но и первый друг Железного рыцаря; с ним — целая батарея банок с красками и распылитель. Тилли-Вилли показывался какому-нибудь рамерийскому летчику, а потом прятался в роще среди деревьев, и Лестар быстро перекрашивал его в другой цвет. Благодаря такой хитрости Баан-Ну и его подчиненные думали, что по соседству с Гудвинией и в самом деле живут люди громадного роста и силы.

Ментахо подтвердил, что именно эти гиганты помогли королю Гудвину одержать его замечательные победы. Поверив в существование великанов, Баан-Ну решил, что Пришельцам надо вести себя гораздо осторожнее до поры до времени: не ровен час еще рассердишь такого гиганта! Ссориться же, пока они не готовы к войне, в планы чужеземцев не входило.

И все же один их враждебный шаг по отношению к Гудвинии был замечен землянами. В Кругосветных горах, в северной их части, было место, где жили гигантские орлы. Это уединенное место называлось Орлиной долиной. По вековому обычаю орлы ограничили численность своего племени цифрой сто. Каждый новый птенец появлялся на свет, только если выбывал кто-нибудь из старших в племени. Поэтому право высидеть птенца давалось орлицам в порядке строгой очереди.

На то были серьезные причины. Орлы питались мясом

горных козлов и туров, естественно, эти животные размножались не быстро, потому что истреблялись гигантскими птицами.

Когда-то вождем орлиного племени был Аррахес. Он хотел присвоить себе очередь другого орла Карфакса на выведение птенца. Однако благородный Карфакс победил и стал вождем племени. В его семье подрастал орленок Гориэк. Ростом и силой он почти не уступал отцу. И по молодости лет был слишком самонадеян.

Орлы обладают необычайной зоркостью. С большой высоты они различают на земле даже мелкие предметы на много миль вокруг. И конечно, от их глаз не могли укрыться пушки, установленные на голых скалах. Но это только от внимательных глаз. Гориэку же было не до внимания. Он выследил большого быстроногого тура и, увлеченный охотой, совершенно забыл об осторожности. Тур носился по ущельям, легко преодолевая горные кручи, прыгал с утеса на утес. Орленок, преследуя тура, не отставал от сильного животного, даже внезапный блеск металла от незнакомого предмета на скале не остановил его.

Радар заработал, пушка пошла по кругу. К счастью для Гориэка, случилось так, что невидимый луч упал на тура, который поднимался в этот момент по открытому склону. Пушка, следуя за лучом, повернулась, животное, пораженное выстрелом, сорвалось вниз в ущелье. Гориэка, который в это время настиг тура, тоже задело и перебило ему крыло. В страстном желании отомстить непонятному врагу, подстегиваемый болью и гневом, Гориэк начал подниматься по горе громадными прыжками. И прежде чем пушка успела снова зарядиться, он со всей яростью, на какую был способен, обрушился на нее.

Гигантские орлы уже в юности обладают чудовищной силой. Гориэк сорвал пушку вместе с поворотным кругом и швырнул ее в пропасть. Пушка с оглушительным грохотом разлетелась. Тогда Гориэк хватил по радару клювом, и от чувствительного аппарата остались одни обломки.

После долгих розысков отец и мать нашли Гориэка на скале и с большим трудом горными ущельями дотащили его домой.

СНОВА ЧЕРНЫЕ КАМНИ ГИНГЕМЫ

Сигналы в Ранавир об исправности радаров поступали дважды в сутки. И когда однажды они не были приняты, командир эскадрильи Мон-Со отправился выяснить, в чем дело. Он обнаружил одну установку разгромленной: от радара остался ворох сломанных деталей, а пушка исчезла. На склоне горы летчик нашел два орлиных пера, размеры которых ужаснули его. Каждое было длиной в рост человека. Стало ясно: не обошлось тут без участия птиц.

Еще прежде, когда только расчищали площадки для радаров, летая над горами, рамерийские летчики не раз видели гигантских орлов, но издали рассмотреть их поближе не удавалось. Если вертолет устремлялся к диковинным птицам, те с молниеносной скоростью удалялись прочь. Кау-Руку повезло больше: ему удалось подлететь ближе всех, но и он потерпел неудачу. Правда, он не раз еще появлялся, парил на своем вертолете над долиной Орлов, видел, как птицы взмывали ввысь к гнездовью, наблюдал издали за охотой на туров и горных козлов.

Доклад Мон-Со произвел тягостное впечатление на менвитов. Система защиты границы оказалась совсем не такой надежной, как уверяли ее создатели. Получать неприятные известия вовсе не входило в планы Баан-Ну.

— Я возмущен вашим легкомыслием, — гремел генерал, распекая и летчиков и инженеров; глаза его от гнева из продолговатых становились круглыми, как пуговицы. — Сегодня из строя вышла одна установка. Где гарантия, что завтра не выйдет другая, третья? — кричал он.

Летчики и инженеры молчали. Голос подал звездный штурман Кау-Рук, он сосредоточенно раздумывал над чем-то.

— Дело в том, — сказал штурман, — что в горах живут необыкновенные орлы.

— Ну и что же? — не понял Баан-Ну.

— А то, что они охотятся там, где наши радары. Пушки не смогут не бить по таким исполинским птицам.

— Какое нам до этого дело! — пробурчал генерал.

— Пушки будут бить, а орлы будут их сбрасывать, —

сказал Кау-Рук, — раненый гигант орел, вероятно, обладает поразительной силой.

— Пожалуй, вы правы, — неохотно согласился со штурманом Баан-Ну. — Но где выход?

— Выход только один, — заявил Кау-Рук. — Вынести систему за пределы Гудвинии. Во время разведывательных полетов мы видели — страна окружена цепью больших Черных камней. Они равномерно удалены один от другого. Зачем поставлены эти камни, можно только гадать. Не исключено, они — дорожные знаки. Или, скорее, алтари, на которых древние беллиорцы приносили жертвы богам...

Кау-Рук имел в виду камни Гингемы, но что они магические, Пришельцы с далекой планеты знать не могли. Злая волшебница расставила их в пустыне несколько столетий назад, чтобы преградить дорогу в Волшебную страну любому пешеходу или всаднику из Большого мира. Только жители Волшебной страны свободно проходили, пролетали и проезжали. Правда, колдунья не предусмотрела вертолетов, которые без помех проносились над каменной преградой.

— Вот на этих исполинах я и предлагаю установить наши радары, — предложил штурман. Его предложение нашли разумным, на том и порешили.

Пришельцы немедля принялись за работу. Ответственным в этом задании генерал назначил Мон-Со.

Полетело столько вертолетов, сколько имелось пушек плюс еще одна машина для командира эскадрильи — он должен был руководить, налегке перемещаясь от одной точки к другой. Арзаков не брали с собой. В каждом вертолете сидело по два менвита: пилот и инженер. Пушки заранее распределили: менвиты знали, кому какую переносить, и вертолеты, словно пчелы из улья, вылетали каждый к своей цели.

Солнце поднималось все выше и выше, румянец точно смывался с его лица, переходя на облака, а само светило бледнело. Под его лучами туман таял, лишь кое-где в низинах расстилались его белесые клубы. Вот и пушки, роса блестела на их дулах. Радары не двигались, не дрожали, но будто напряглись, напоминая крылатых коней, готовых в любую минуту загарцевать. Чудилось, солнце своими лучами вот-вот разбудит их. Но они не спали и не собирались просыпаться — их просто отключили.

Вертолеты зависли над установками. Инженеры спустились по веревочным лестницам, крепкими узлами привязали тросы к скобам радаров. Оставалось осторожно подхватить и переправить их на Черные камни. Из камней Гингемы выбрали самые высокие и удобные.

Винты вертолетов легко и бесшумно рассекали воздух, как бы вкручиваясь в него. Операция по переносу обещала пройти успешно. Ответственный не утерпел, на секунду залетел в Ранавир доложить генералу, что выполнение задания проходит в хорошем спортивном темпе. Ему хотелось обрадовать Баан-Ну.

Генерал заканчивал утреннюю зарядку. Боксируя с «невидимкой», он в восторге прыгал по полю. Возможно, так должен был выглядеть очередной его бой с чудовищем, еще не описанным в «Завоевании Беллиоры».

Командир эскадрильи обменялся с генералом приветствием, нарисовал обстановку в самых веселых красках и, поощренный Баан-Ну, снова взлетел руководить дальнейшим ходом работ.

Облетая на большой высоте Черные камни, Мон-Со увидел, что все пушки давно на местах. Сейчас вертолеты,

висящие над камнями, поднимут тросы. Инженеры взберутся по трапам. И все прибудут в лагерь, а там встреча, поздравления.

«Расчудесно, хорошо», — чуть не пел про себя Мон-Со. Да, командиру эскадрильи, его летчикам ныне предстоит сидеть во главе праздничного стола, как в былые времена на Рамерии, когда случались удачи. И прислуживать им будет Ильсор. Такой подарок обещал Баан-Ну. Мон-Со собрался заказывать праздничное меню, даже развернул машину в направлении к лагерю, но тут его рация заговорила на все голоса — это пилоты, заметив своего руководителя в облаках, наперебой звали его к себе. «Эти камни, как магниты», — жаловались они. Приглядевшись, Мон-Со оторопел. Происходило что-то невообразимое. Одни вертолеты прыгали через камни, другие как угорелые носились по кругу. Временами, словно устав, некоторые машины вели себя нормально, то есть висели, как воздушные шарики, над камнями, зато менвиты, их пассажиры, были, как циркачи. Сначала их подбрасывало повыше, чуть ли не на крышу вертолета, потом прыжком они возвращались в кабину, оттуда их снова вытягивало. И — опять то же самое. Все повторялось, пока они не выбивались из сил.

Часть вертолетов висела пустыми: инженер на пару с пилотом одновременно, точно акробаты, кувыркались с трапа.

Увидев такое, Мон-Со вышел из себя и никак не мог вернуться в прежнее расположение духа. Потребовалось время, чтобы он успокоился и решил разобраться в поведении машин и экипажей. Командир эскадрильи дал себе слово как следует наказать виновных. Он начал спускаться к вертолету, где пилот с инженером отдыхали после отчаянных прыжков через камень.

— Мон-Со, мой полковник, — донесся до него голос пилота, — послушай. Мой напарник укрепил на черной скале установку и полез назад в вертолет. Не тут-то было. Не успел он одолеть и половину трапа, как грохнулся вниз. Он опять попытался подняться, и опять будто кто-то стянул его вниз. Я решил ему помочь. Стал вытягивать инженера вместе с трапом. Но не успел вытянуть и половину его, как мой напарник разжал руки и трахнулся на камень.

Дальше было так. Пилот посадил вертолет рядом с камнем, втащил инженера в кабину. Затем потянул штурвал на себя — вертолет поднялся. Однако едва он взлетел над черной скалой, как летчик потерял силы и выпустил штурвал. Описав дугу, его машина перепрыгнула камень, приземлившись с другой стороны.

Мон-Со посмеялся над летчиком, но все же кинул ему конец троса, дабы взять непослушный вертолет на буксир. Связанные тросом, обе машины без препятствий поднялись в воздух. Потом Мон-Со почувствовал резкий толчок — трос натянулся, второй вертолет камнем повис на нем — видимо, летчик опять отпустил штурвал. Мон-Со нажал до отказа на педаль скорости. Винт завертелся с такой бешеной силой, что сам вертолет начал вращаться в противоложную сторону. Все-таки они оторвались от неведомого притяжения, набрали высоту, но несчастный пилот никак не мог прийти в

себя. Мон-Со, подтягивая к себе вторую машину тросом, ухитрился посадить оба вертолета далеко от камня. Он вытащил пилота и инженера из кабины, а сам ругался, хлопал их по щекам.

Наконец, удалось привести неудачников в чувство.

— А, Мон-Со, мой полковник, — сказал летчик, открыв глаза. — Послушай. С того момента, как я отпустил штурвал, я и мой напарник, мы оба ничего не помним. Только одно — нас с силой вдавило в кресло, больше ничего.

Подобным образом, привязав вертолет к вертолету, Мон-Со вызволил всех менвитов — не оставлять же их у Черных камней навсегда.

Когда Баан-Ну доложили о случившемся, он подумал, что среди летчиков началась земная эпидемия, и приказал всех поместить в изолятор. Но отдохнувшие от прыжков и испуга пилоты не обнаружили больше признаков заболевания.

— Ничего страшного, — решил генерал, — перегрелись на солнце, только и всего. Досаднее, что установки не работают.

Впопыхах, спасая летчиков, Мон-Со забыл подключить источники питания к радарам и пушкам.

Никто из пилотов, побывавших у Черных камней, возвращаться в опасное место не захотел. Из других летчиков добровольцев тоже не нашлось

Не сознаваясь себе, побаивался лететь и Мон-Со. Опасно было застрять и торчать одному в пустыне среди камней. Самого точного исполнителя приказов генерала летчики недолюбливали, и он не верил, что хоть какой-нибудь пилот примчится ему на выручку. Не Баан-Ну же в самом деле его спасать!

Генерал размышлял, как дальше быть с установками, а пока до решения этого вопроса система радаров бездействовала.

Энни, Тим и Пришельцы

БЕДА ГРОЗИТ ЧЕЛОВЕЧЕСТВУ

Путь от Волшебной страны до Канзаса дракон Ойххо проделывал третий раз. Его спутники Фарамант и Кагги-Карр притомились в дороге и заснули.

Как и в прошлый раз, Ойххо рассчитал время так, чтобы не пугать местное население. Он опустился ночью около знакомого оврага, куда никто не ходил, и затаился там.

Фарамант и Кагги-Карр без труда нашли ферму Смитов. Семья давно спала, когда Страж Ворот робко постучал в дверь.

Прибытие нежданных гостей, особенно из Волшебной страны, всегда сюрприз, естественно, оно переполошило спавших.

Энни в восторге прижимала к груди и гладила счастливую Кагги-Карр, обняла Стража Ворот. Фермер Джон приветствовал путешественников с большой теплотой. Только миссис Анна смотрела на ворону и Фараманта с тревогой, ее сердце чувствовало: прилет посланцев страны Гуррикапа неспроста и не сулит ей ничего хорошего.

Фарамант и Кагги-Карр с огорчением узнали, что Элли они не застали, хотя она работает учительницей неподалеку от родного дома, — недавно она уехала со своими учениками на экскурсию в другой штат.

— Жаль, — вздохнул Фарамант, — каждый раз ведь думаешь: видишься в последний раз, а тут и увидеться не довелось.

И, чтобы не расстраиваться, Страж Ворот перешел к рассказу о Пришельцах, поселившихся в замке Гуррикапа. Инопланетяне прилетели не с миром. Они окружили Кругосветные горы цепью самостреляющих пушек, не пропускающих мимо ни одно живое существо.

— Сын Карфакса Гориэк, — сказал Фарамант, — пострадал от такой пушки, но и он не сплоховал: сбросил пушку в ущелье.

Его слушали с горячим сочувствием к жителям Волшебной страны, попавшим в новую беду.

— Но как вам удалось добраться до Канзаса? — с беспокойством спросила Энни.

— Как всегда, на Ойххо.

— И он не ранен? — Энни, волнуясь, смотрела на Стража Ворот.

— Цел и невредим, — отозвался Фарамант, — лежит в овраге и дожидается, когда ему притащат десяток ведер каши и вареной картошки: бедняга проголодался с дороги.

Фермер обещал накормить дракона, а Фарамант сказал:

— Мы добрались без приключений. Инопланетяне почему-то забросили пушки, никакого интереса к ним не проявляют пока что. Так говорит Страшила.

Энни встрепенулась.

— Страшила, славный Страшила! Как-то он там поживает? А добрый Дровосек и Смелый Лев? Что со всеми моими друзьями?

— Пока с ними ничего не случилось, но им придется плохо, если ты, Энни, и Тим...

Миссис Анна, не дослушав, вскочила.

— Ну, я так и знала, что этим кончится! Вы опять пришли за помощью.

— Тише, Анна, тише! — принялся успокаивать жену фермер. — Тут, кажется, дело обстоит куда серьезнее, чем прежде. И надо бы пригласить к нам семейство О'Келли. С Тимом, разумеется.

Джон ушел на соседнюю ферму, миссис Анна погрузилась в невеселые думы, а Энни потихоньку расспрашивала Фараманта об Изумрудном городе, о Страшиле, Дровосеке и Льве, о Тилли-Вилли, о Жевунах, Мигунах и Прыгунах...

Миссис Анне тоже интересно было послушать, но раздумье не давало ей покоя. Вскоре явился Тим с родителями. За два года, протекших со времени его последнего возвращения из Волшебной страны, он очень вытянулся, ростом почти не уступал отцу.

В предчувствии предстоящих приключений Тим радостно приветствовал Фараманта и Кагги-Карр.

Фараманту пришлось повторить то, что уже слышали Смиты.

Ричард О'Келли гордо заявил:

— Нас на Земле сотни миллионов, неужели мы не справимся с горстью инопланетных воинов?

Фарамант перебил его:

— А если за горстью примчатся десятки космических кораблей?

Энни боязливо взглянула на звезды.

— К счастью, в нашей борьбе с инопланетянами-менвитами у нас есть союзники: арзаки.

Наступило долгое молчание. Потом миссис Анна спросила:

— Но почему вы, почтенный Фарамант, считаете, что в вашей борьбе могут помочь Энни и Тим? Они только дети, правда, уже большие, но дети.

Страж Ворот сказал:

— По правде говоря, мы рассчитывали не только на ребят, хотя и очень надеемся на них. Мы думали пригласить Великана из-за гор, этого мудрого, многоопытного человека. Кстати, у Тилли-Вилли — кто бы мог подумать, что такое возможно у огромного железного парня? — очень нежное сердце: он скучает по моряку Чарли и готов с утра до вечера говорить о нем.

— Хорошо, что он такой памятливый и благодарный, — отозвалась миссис Анна. — А брат плавает в Тихом океане и вряд ли появится у нас в ближайшие месяцы. Когда же вы двинетесь в обратный путь на свою удивительную родину, я попрошу вас передать Тилли-Вилли одну вещь, которую мы с Энни храним для него уже целый год...

— Мама! — Энни поднесла палец к губам и лукаво посмотрела на миссис Анну, та замолчала.

— Вот и опять получается не так, как хотелось.

— Значит, Великан из-за гор не сможет принять участие в нашей борьбе, — вздохнул Фарамант. — И все же я прошу отпустить к нам Энни и Тима. Мы убережем их от опасности, не заставим драться с врагами, но их советы могут оказаться для нас неоценимыми...

Фермер Смит опередил жену, которая собиралась заговорить.

— Послушай, Анна, — сказал он, — два раза звали в Волшебную страну наших детей. В первый раз беда грозила Страшиле и Железному Дровосеку. Во второй раз опасность нависла над всей Волшебной страной, ее хотела погубить злая колдунья. Но теперь, в третий раз, дело обстоит неизмеримо хуже: страшная беда грозит всей Земле. Мы себе не простим, если не поможем, если удержим Тима и Энни.

И матери поняли и отпустили своих детей.

Когда согласие было получено, фермер Джон сказал:

— А теперь, милые женщины, я вас порадую. Наши

ребята отправятся не одни. Мы вызовем Альфреда Каннинга. Думаю, он не откажется принять участие в борьбе с инопланетными Пришельцами.

— Да, да, он поможет, — откликнулась миссис Анна, — он теперь инженер, изобретатель, навыдумывал кучу всевозможных штук. Что по сравнению с ними механические мулы?

— Фред поможет непременно, — согласился фермер. — Да, кстати, присмотрит за нашими ребятами.

Когда женщины узнали, что в опасной экспедиции примет участие Фред Каннинг, на сердце у них стало сразу полегче.

НЕВЕСЕЛЫЙ ПИР

Альфред Каннинг получил телеграмму: «Приезжай немедленно, родственники на Изумрудном острове тяжело заболели, требуется серьезное лечение. Джон Смит».

Телеграфисты ничего не поняли, они не знали, что такое Изумрудный остров, и тайна была сохранена. Но Фред Каннинг догадался, что Волшебной стране грозит опасность, взял длительный отпуск и через два дня явился на ферму Смитов.

Молодой инженер поблагодарил Джона Смита за доверие.

— Может быть, мои знания пригодятся, — горячо заверил Фред. — В голове у меня рой формул. Я изобрел взрывчатку, одна щепотка которой вдребезги разнесет целую гору.

Глаза Тима загорелись от восторга.

— Фредди, — закричал мальчик, — а хорошо бы подложить такую взрывчатку под корабль Пришельцев, правда?!

— Там видно будет, — уклонился от ответа Фред.

— Нет, обязательно, обязательно! — настаивал Тим. — И подложу ее я! Надену серебряный обруч лисьего короля, и готово дело!

Тим говорил о чудесном обруче, который Энни получила в подарок от лисьего короля Тонконюха XVI.

— Послушай-ка, Тим, если ты не выкинешь из головы такие бредни, то знай: останешься в Канзасе, — сказал

Альфред так решительно, что Тим тут же угомонился, но все-таки спросил:

— Фредди, а взрывчатку мы возьмем?

— Нет, конечно. Сделаем ее на месте. Нужные вещества найдутся и там. Однако насчет огнестрельного оружия придется позаботиться.

Каннинг купил ящик винтовок и десятка два револьверов; к ним были в обилии припасены патроны. Груз оказался порядочным, но для Ойххо это был сущий пустяк.

И вот ночной порой Смиты и О'Келли опять прощались со своими детьми и Альфредом Каннингом. Слов было сказано немного, но за ними таилась большая душевная боль, ведь в семьях Смитов и О'Келли на долгие-долгие недели поселятся беспокойство и тревога...

Ойххо взял курс на Волшебную страну. Путешественники разместились в просторной кабине у него на спине. Ее сделал Чарли Блек еще в прошлый полет.

На этот раз с собой не взяли Артошку. Характер у него был несдержанный, он мог невзначай залаять и тем самым навредить делу.

В пути Альфред все вспоминал химические формулы и долго о них рассуждал. Тим и Энни ничего не понимали. Не удивительно, что ребята быстро уснули под монотонные длинные рассуждения и равномерное покачивание кабины.

Был вечер, когда ручной дракон приземлился у подножия Кругосветных гор. Отсюда начинались волшебства, и Кагги-Карр заговорила. Уставшая от вынужденной немоты, она с большим чувством приветствовала Энни с Тимом и Фреда.

— Ночью продолжать путешествие бессмысленно, — предупредила Кагги-Карр, — можно натолкнуться на летательную машину Пришельцев.

Путники устроились на ночлег, но перед этим Энни не утерпела и испробовала, в порядке ли серебряный обруч с рубиновой звездочкой. Обруч действовал безотказно, и наши герои задремали, убаюканные лесными шорохами.

Наутро Ойххо тихо-тихо перелетел с одной лесной поляны на другую, скрываясь от чужеземных вертолетов. Ни с одним из них он не встретился и благополучно опустился со своими спутниками у ворот Изумрудного города.

Страшила собирался оповестить весь город, всю страну о прибытии Энни, Тима и Альфреда. Устроить парадное шествие от ворот ко дворцу с музыкой и речами, но его отговорил фельдмаршал Дин Гиор. Длиннобородый солдат, прекрасно понимавший, как надо хранить военные тайны, проявил осторожность.

— Неожиданное торжество, — сказал он, — встревожит Пришельцев, заставит их разведать, в чем дело. И беда будет, если они дознаются про людей из-за гор.

Страшила проявил благоразумие и все приготовления к пышному приему гостей у городских ворот отменил.

Но уж тут, под защитой высоких стен дворца, Мудрый Правитель распоряжался как хотел и дал волю своей неуемной фантазии. Сам он оделся великолепно. На новом бархатном кафтане, туго набитом свежей соломой, сияли бриллиантовые пуговицы, под широкими полями шляпы звенели серебряные бубенчики, носки красных сафьяновых сапог высоко задирались вверх, а грудь усыпали ордена. Часть их он пожаловал себе сам, другие получил от правителя Фиолетовой страны Железного Дровосека и правителя рудокопов достопочтенного Ружеро. Были ордена, присланные добрыми феями Виллиной и Стеллой.

С добродушного лица Страшилы не сходила широкая улыбка.

По торжественному случаю Железный Дровосек тоже был ярко начищен и с золотым топором на плече; у Смелого Льва, которому возраст не помешал прибыть в Изумрудный город (хотя он и медленно шел на усталых лапах), был надет золотой ошейник, какие полагается носить царям; фельдмаршал Дин Гиор с бородой до земли стоял в парадном мундире и с жезлом, блестевшим драгоценными камнями; доктора Бориль и Робиль в черных мантиях, на которых блестели ордена, держали в руках медицинские чемоданчики (мог же кто-нибудь на пиру упасть в обморок!); тут был и правитель страны Жевунов Прем Кокус; в стороне стоял, подобно исполинскому монументу, Железный рыцарь Тилли-Вилли,

страшно разочарованный, что среди прибывших не оказалось моряка Чарли. Тилли-Вилли по секрету признался Энни: с тех самых пор, как Фарамант и Кагги-Карр отправились в Большой мир, он все время ждал своего создателя, он так волновался, что у него даже ослабли некоторые пружины и при ходьбе начали брякать болты.

— А это никуда не годится, — ласково сказала великану девочка, — рыцарю всегда надо быть сильным...

— Знаю я это, — гулко вздохнул великан, — да ничего не могу с собой поделать. Давай, Энни, поговорим с тобой о папочке Чарли.

Энни улыбнулась и вытащила из дорожной сумки большой прямоугольный пакет.

— Угадай, что это такое? — сказала она. — Тот, о ком ты скучаешь, Вилли, не смог сам прилететь в Волшебную страну, но тебе прислал подарок. Смотри, сейчас увидишь дядю Чарли как живого!

Энни достала из пакета большую фотографию одноногого моряка. Чарли Блек снялся на палубе своего корабля среди бушующего моря; в зубах Блека была зажата неизменная трубка, глаза улыбались.

Восхищению Железного рыцаря не было конца: он не отрываясь глядел на дорогое лицо, подносил фотографию то к одному глазу, то к другому, то приближал к себе, то отдалял...

— Гром и молния! — кричал, волнуясь, гигант. — Каким волшебством сумел папочка Чарли перейти на этот лист бумаги и остаться на нем навсегда?

— Этого тебе я и сама не смогу объяснить, — призналась девочка. — Не знаю.

Тилли-Вилли попросил Энни сшить для портрета прочный кожаный футляр, чтобы такая хрупкая вещь, как фотография, быстро не износилась...

Футляр Энни сшила из кожи Шестилапых, — вряд ли мог найтись более прочный материал, — и с тех пор портрет моряка Чарли всегда хранился в кабинете Железного великана.

На пиру Энни, Тима и Альфреда встречал хлебом-солью еще более толстый, чем обычно, повар Балуоль в белом

104

фартуке и белом колпаке. Об этом сказочном, с точки зрения Страшилы, обычае Правитель вычитал в «Энциклопедическом словаре» и пожелал гостям сделать приятное.

После пира, по правде сказать, не очень веселого, Страшила пригласил прибывших из Большого мира друзей в Тронный зал к телевизору.

Розовый волшебный ящик Стеллы работал по-прежнему отлично: он продемонстрировал зрителям менвитов и арзаков. Рабы Ранавира обносили территорию замка проволокой с висящими рупорами, звонками, антеннами.

Фред как знаток техники быстро разобрался, что перед ними сигнализирующие устройства, которые, вероятно, поднимут адский шум, если кто-нибудь попытается пробраться в убежище Пришельцев.

— А вот и Ильсор! Смотрите, — встрепенулся Страшила. — Слуга генерала и наш друг.

Энни, Тим и Фред невольно залюбовались стройной фигурой Ильсора, его красивым лицом с живыми черными глазами, копной темных волос.

По просьбе Страшилы телевизор показал звездолет «Диавону», величаво поднявшийся на трех высоких опорах. Фред подивился внушительности космического корабля.

Ночь Фред Каннинг провел в глубоком раздумье, ни на минуту не сомкнув глаз. Тим и Энни отдыхали с детской беззаботностью. Страшила, никогда не спавший, сидел на троне, украшенном изумрудами, и прикидывал в уме, на какие простые множители можно разложить число 64 725.

ТАЙНА ИЗУМРУДА

Между прочим, работа в Изумрудных копях шла полным ходом. Первую шкатулку, до отказа забитую драгоценными камнями, генерал уже спрятал в сейф. Но, надо сказать, еще прежде случилась одна неожиданность. В поведении арзаков, работавших на добыче изумрудов, стали проявляться мятежные наклонности.

Геолог-менвит, надзиравший в шахтах за арзаками, в

конце дня следил за тем, чтобы рабы не утаили добычу. Он всматривался гипнотическим взглядом в черные и карие глаза арзаков, которые подходили по очереди к шкатулке, и внушал им положить в нее изумруды.

— Повинуйся, повинуйся мне, раб, — раздавалась его команда, — изумруд не твой, расстанься с ним.

И рука арзака сама собой разжималась, в шкатулку из нее медленно выкатывался прозрачный зеленый камень.

И вот так получилось, что однажды надсмотрщик дал команду арзаку, еще не сдавшему свой изумруд.

— Спустись-ка, раб, в шахту и захвати складной стул, — сказал он.

Вместо того чтобы спуститься в шахту, раб внезапно отозвался:

— Стул может подождать и завтрашнего дня.

Слова арзака, осмелившегося возразить, свалились на менвита как снег на голову, он даже не нашелся что молвить на это. Между тем и некоторые другие арзаки, не сдавшие изумруды, выразили согласие с ответом своего товарища, тогда как остальные смотрели на них в полном смятении.

Прошло время, все арзаки успели сложить изумруды в шкатулку, а менвит-геолог все никак не мог пережить происшедшее. Ему было неприятно смотреть на рабов, которые стали свидетелями его позора. И тогда он с ненавистью взглянул в глаза возмутителя спокойствия и тихо, но отчетливо повторил команду:

— Повинуйся, повинуйся мне, раб. Принеси немедля мой стул.

Арзак вздрогнул, метнулся и быстро скрылся в шахте. Через пять минут он появился со стулом в руках.

Менвит успокоился. Он не был бессилен перед лицом своих рабов.

До заката солнца горняки-арзаки шагали к воротам замка, тихонько обсуждая случившееся. Больше всех от необъяснимой смены поведения недоумевал сам виновник происшествия.

Когда ночью обо всем арзаки поведали Ильсору, он

расспросил подробности и, узнав, что в одном случае арзаки отвечали с изумрудами в руках, в другом — без них, сказал:

— Помнится, читал я у древних мудрецов: змея, взглянувшая на изумруд, сначала плачет, потом слепнет. Я думал — все это сказки. Сделаем вот что... Еще раз проверим.

На следующий день все арзаки сложили все добытые изумруды в шкатулку, кроме одного, который спрятал небольшой камень в сапог. Сдавшие изумруды отошли подальше, а тот, кто спрятал талисман у себя, нарочно вертелся на глазах надсмотрщика. Наконец менвит заметил: у одного арзака не было в руках инструмента.

— Где твой отбойный молоток? — обратился к нему геолог.

— В забое... забыл... — запинаясь, ответил тот и вопросительно взглянул менвиту в глаза. Надсмотрщик тоже не отрывал взгляда от глаз раба.

— Ну так поди принеси, — сказал он.

Арзак опустил голову, медленно побрел, затем послушно, со всех ног бросился к шахте. Когда он вернулся и занял место в колонне построившихся горняков, то не удержался и тихо прошептал соседу:

— Здорово! Действует!

— А что же ты так побежал выполнять приказ? — спросил сосед.

— Чтобы господин не догадался о нашем открытии.

Вечером того же дня все арзаки знали о чудесном зеленом камне, который освобождает раба от повиновения избраннику. Чтобы снять колдовские чары менвитов, оставалось добыть по камешку для всех арзаков. Работа в шахтах кипела, к радости геолога.

Баан-Ну не мог нарадоваться, глядя, какими темпами наполняются шкатулки. Но больше всех радовались арзаки: никогда прежде работа не давала им столько отрады, что ни говори, они трудились ради свободы своего народа.

УРФИН В РАНАВИРЕ

Что касается первого похода Урфина в Ранавир, так он был неудачным. Проникнуть на территорию базы инопланетян он сумел. А вот тачку с фруктами и овощами оставил у ограды, так меньше риску.

Стучаться во дворец Гуррикапа Урфин не стал, без фруктов там ему нечего было делать. Но вокруг жилища волшебника Джюс обошел крадущейся походкой, затаиваясь за каждым углом. Он заглядывал в окна, — очень уж хотелось знать, как живут менвиты, — сначала в желтоватое, потом в розовое, голубоватое, но ничего, кроме стекол, рассмотреть не удалось.

Домой огородник, подхватив тачку, возвращался кружным путем, и путь этот пролегал как раз через Изумрудные копи. Урфин затаился за невысоким курганом из отработанной породы. Рабочий день в шахте только что кончился, и он очень близко видел приветливые лица арзаков с задумчивыми глазами.

Проследив, какой дорогой возвращались рабы к замку, Урфин забежал вперед и, вытряхнув из тачки, сложил на пути горняков великолепные плоды.

Арзаки как завороженные стояли перед этим чудом, а когда отведали, к ним пришло удивительное настроение, как будто они попали в сказку, где все надежды сбываются.

Урфин зачастил к Изумрудным копям. Больше всего его поражало то обстоятельство, что, выходя из забоя после работы, арзаки выглядели более живыми и веселыми, чем начиная свой труд. Как будто они не уставали, а отдыхали в шахте. Впрочем, отдав добытые изумруды геологу-менвиту, который стоял со шкатулкой у входа, они опять становились вялыми, шли, не глядя друг на друга.

— А чудеса-то от изумруда, больше не от чего, — сообразил Урфин.

В другой раз Урфин Джюс с тачкой, полной плодов, открыто приблизился к Ранавиру. Охрана тут же схватила его, и он предстал перед Баан-Ну. Роль переводчика выполнял

Ильсор, о котором, как и другие жители Волшебной страны, Джюс знал.

— Отвечай, кто ты такой и зачем пришел к нам? — спросил генерал. Его, он этого не скрывал, интересовал беллиорец, который добровольно пожаловал к менвитам.

— Я огородник, выращиваю фрукты и овощи, каких больше нигде нет, — отвечал Урфин. — И готов возить их каждый день к столу господина генерала. За свои услуги я прошу сущий пустяк. Один изумруд за десять тележек.

Для Волшебной страны, где изумрудов было столько, сколько звезд на небе, это была действительно скромная плата.

В заключение беседы огородник разложил перед Баан-Ну виноград, дыни, клубнику и еще всякую всячину, которую привез в тачке.

По мере того как генерал пробовал фрукты, его недоверие к беллиорцу пропадало. Баан-Ну даже согласился расплачиваться изумрудами, решив, однако, отобрать их у огородника, как только завоюет Гудвинию.

С тех пор Джюс каждый день прикатывал менвитам на кухню по нескольку тачек волшебных фруктов. Скоро до Изумрудного города долетела весть о предательстве Урфина, который добровольно согласился поставлять плоды со своего

огорода генералу и другим менвитам. Конечно, не бесплатно — за десять тачек он получал великолепный изумруд. Кроме того, Пришельцы обещали не трогать его, когда они завоюют Гудвинию, а может, и всю Беллиору.

ПЕРВАЯ ПОБЕДА
АЛЬФРЕДА КАННИНГА

Жители страны Гуррикапа никаких опасений у Баан-Ну не вызывали. Относительно удивительных созданий Волшебной страны — Страшилы, Железного Дровосека, Тилли-Вилли и других — он пребывал в неведении. Его волновали великаны. И еще если бы из Большого мира сюда явилась армия с пушками и ружьями, тогда стоило бы призадуматься. Но генерал твердо верил: многочисленная армия не сможет приблизиться тайком.

Все же Баан-Ну счел нелишним принять некоторые меры предосторожности. Он приказал окружить Ранавир изгородью из колючей проволоки, лишь кое-где оставив в ней проходы. В этих местах рабочие приладили сигнализацию из рупоров, звонков, антенн: ревом сирен она даст знать о всяком, кто попробует пройти.

В первые же дни случилось несколько ложных тревог: сирены гудели, а поблизости никого не оказывалось. Если бы менвиты были повнимательнее, они заметили бы в кустах и за большими камнями уморительные рожицы гномов. Но им было невдомек. Они просто-напросто терялись в догадках, отчего приходит в действие сигнализация.

А когда гномам надоело дразнить менвитов, они прорыли под проволокой длинные канавки-траншеи и по-прежнему разгуливали втихомолку по территории базы.

Когда Альфред Каннинг просматривал в Изумрудном дворце донесения гномов, ему показалась забавной мысль о ложных тревогах. Хорошенько все обдумав, он приписал к очередному наказу Страшилы несколько слов. Они касались прежде всего Кагги-Карр.

Вскоре на всех пропускных пунктах инопланетян

111

поднялась тревога. Сирены оглушительно завыли, прямо-таки захлебываясь криком.

Менвиты с лучевыми пистолетами наготове бросились к изгороди. У всех инопланетян возникла одна и та же мысль: «На базу напали беллиорцы».

Но у колючей проволоки было пусто. Менвиты обследовали метр за метром все ограждения — по-прежнему никого! Озадаченные, они вернулись. Однако не успели сделать и ста шагов, как вой возобновился. Несколько раз повторялась такая история. Наконец по трепетанию листьев в лесу Пришельцы поняли: «Птицы!»

Да, всю эту суматоху, весь этот шум-гром устроили свиристели и ласточки. Стаей налетали они на сигнализаторы, которые сразу начинали реветь. Командовала атаками пернатых Кагги-Карр. Налеты продолжались не однажды, а птицы оставались неуловимыми.

Обитатели Ранавира долго бились, пока наконец не махнули рукой на дневную суматоху.

Но тут в игру включились летучие мыши. Водились они в ближайших пещерах тысячами. И что тут началось! Вой сирен не смолкал по ночам ни на секунду, его не могли вынести ничьи уши. Рамерийцы перестали спать.

Генерал Баан-Ну, посиневший от бессильной злобы, приказал рабочим-арзакам выключить сигнализацию.

Так Альфред Каннинг одержал первую, пусть не очень значительную, но все же победу.

КАК БОРОТЬСЯ С МЕНВИТАМИ?

На экстренном совещании, созванном Страшилой, присутствовали, кроме Правителя, Железный Дровосек, Смелый Лев, Альфред Каннинг, Дин Гиор, Фарамант и Кагги-Карр. Тилли-Вилли с улицы заглядывал в окно, и никто не знал, что в кабине у него, удобно устроившись, сидит Энни. Собравшиеся обсуждали мудреный вопрос: как бороться с Пришельцами, чтобы добиться победы. Вступить открыто в войну было невозможно: лучевые пистолеты инопланетян превосходили обычные ружья и револьверы, которые захватил из Большого мира Каннинг. Самым лучшим было бы использовать одно из чудес Волшебной страны.

Фарамант предложил напустить на замок Гуррикапа и его окрестности Желтый Туман Арахны. Магические слова, при помощи которых это удавалось колдунье, помнил Тим. Случайно, конечно. Чарли Блек, прежде чем сжечь колдовскую книгу, читал вслух ее заклинания, а у мальчика была хорошая память.

— Холод, который принесет с собой туман, — сказал Страж Ворот, — сделает Пришельцев простуженными, слабыми, и мы легко справимся с ними.

Предложение понравилось: не без затеи и не требует больших хлопот. Попробовать во всяком случае стоило. В Тронный зал пригласили Тима.

Страшила включил волшебный телевизор. Альфред приказал Тиму говорить колдовские слова перед экраном, где появилось изображение Ранавира.

— Убурру-курубурру, тандарра-андабарра, — начал Тим и тут же захлебнулся смехом. Уж очень ему забавно показалось выступать в роли злого волшебника.

Фред накинулся на мальчугана.

— Кто говорит такие зловещие заклинания с хохотом? Ты должен быть совершенно серьезным, если хочешь, чтобы у тебя что-нибудь получилось.

Но серьезности Тим как раз и не мог набраться. Достаточно было сказать два-три слова, и он начинал фыркать. Кончилось тем, что мальчугана прогнали, а заклинание, написанное им на бумаге, прочитал сам Каннинг. В его устах оно звучало внушительно, но никаких изменений в Ранавире не произошло: небо там осталось таким же голубым, и солнце сияло по-прежнему. Участники совещания ошеломленно смотрели друг на друга, а потом Правитель Изумрудного города уныло покачал головой:

— Мы забыли: когда Арахна умерла, а Великан из-за гор сжег магическую книгу, все ее волшебства кончились.

— Значит, придумаем что-то другое, — сказал Каннинг деловым тоном. Он не хотел, чтобы все загрустили. — Одно из величайших чудес вашей страны — Усыпительная вода, — молвил он. — Помните, как легко удалось с ее помощью победить подземных королей? Несмотря на их армию, Шестилапых драконов... Не забывайте, что арзаки помогут нам. Если они добавят Усыпительную воду в пищу, Пришельцы заснут, и дело с концом!

— Ты хорошо придумал, милый Фред, у меня тоже мелькала такая мысль. Но как ты незаметно доставишь воду в замок Гуррикапа? — неуверенно возразил Страшила. — Много воды не пронесешь...

— Как? — переспросил Каннинг. — Надо подумать...
Наступило молчание.

— Пожалуй, — сказал, поразмыслив, Альфред — здесь не обойтись без водопровода. Надо по трубам направить Усыпительную воду в колодец замка.

— Но для этого придется проложить подземный ход, — сказал Дин Гиор.

— Да, но при всем нужна крайняя осторожность, — напомнил Страшила.

— А мыши на что? — не выдержала в своем укрытии Энни. Она с помощью Тилли-Вилли перебралась из кабины через окно в Тронный зал.

— Мышей много, они сделают все бесшумно, их надо только направить. Вот же он, волшебный свисток Рамины, у меня! Хотите, я вызову королеву полевых мышей?

— Это выход, — оживленно прокаркала Кагги-Карр и бросилась к девочке, чтобы та погладила ее перья. Она хоть и была солидная важная ворона, но очень любила ласку. Энни тихонько гладила Кагги-Карр по голове и с ожиданием глядела на участников совещания.

— Пожалуй, тут есть смысл, — наконец согласился Каннинг.

— Ура! — чуть не запрыгала Энни.

— Ура! — прокаркала за ней Кагги-Карр.

— Не надо забывать и еще об одном выходе — крайнем, — сказал Альфред. — Если ничто не поможет, мы взорвем космический корабль Пришельцев. Сделаем маленькую, но сильную мину. Заминируем звездолет уже сейчас. В опасном деле нам поможет Ильсор.

Не откладывая в долгий ящик, собрали две бригады — Мигунов под руководством Лестара и рудокопов во главе с Ружеро. Отряд дуболомов нес трубы и все необходимые инструменты.

После перевоспитания семи подземных королей, их семейств и придворных, Усыпительной водой пользовались редко. Случалось подобное при особых событиях, например когда за предательство усыпили Руфа Билана. Тюрем в Волшебной стране не было, и преступник отделался долгим сном.

Фельдмаршал Дин Гиор предупредил сторожа Священного источника, чтобы он пропустил ремонтные бригады Мигунов и рудокопов.

Настоящую причину работ решили пока утаить, чтобы ничего не прознали раньше времени Пришельцы. Ружеро и Лестар были готовы приступить к прокладке труб. Дело теперь было за мышами.

ПОХИЩЕНИЕ ЭННИ СМИТ

Операция со взрывом звездолета, хотя и была отложена Каннингом на крайний случай, тоже требовала подготовки. Альфред не жалел времени на поиски вещества для взрывчатки. С Энни и Тимом он бродил по окрестностям Изумрудного острова, разыскивая нужные минералы.

Однажды вся компания переправилась через канал на пароме, где днем и ночью работали дуболомы, и шагала по дороге, вымощенной желтым кирпичом.

Сколько эта дорога вызывала у путников воспоминаний! Энни думала о том, как ее старшая сестра Элли, принесенная в Волшебную страну ураганом, шла в Изумрудный город к волшебнику Гудвину; ее сопровождала самая немыслимая компания, какую только можно вообразить: соломенный человек Страшила, Дровосек, сделанный из железа, Трусливый Лев. У каждого из них было заветное желание: Страшила жаждал умных мозгов, Железный Дровосек — доброго сердца, Трусливый Лев помышлял о смелости. И хотя Гудвин оказался не волшебником, он сумел исполнить все их желания. Страшила получил мозги, Дровосек — сердце, Лев — смелость. А Элли перенесли на родину волшебные серебряные башмачки Гингемы.

По этой же дороге шел мальчик Фред, когда ему удалось выбраться на белый свет из Пещеры[1]: он направлялся в Изумрудный город поведать, что Энни во власти подземных

---

[1] См. сказку «Семь подземных королей».

королей, что они держат девочку в плену и требуют от нее вернуть Усыпительную воду, исчезнувшую по вине изменника Руфа Билана.

— Вот что, Энни, — прервал свои размышления Альфред, — сегодня ночью зови мышей, понимаешь?

— Ой, Альфред, — обрадовалась Энни, — понимаю! Наконец-то я увижу Рамину!

Заприметив вдали холм, где могли оказаться нужные минералы, Альфред и Тим, вооруженные геологическими молотками и рюкзаками для сбора пород, поспешили туда. Энни задержалась на поляне, собирая цветы.

В это время сверху метнулась тень, послышался стрекот, и в нескольких шагах от девочки на поляну опустился вертолет. Из кабины выпрыгнул летчик высокого роста. В несколько скачков он был уже рядом. Энни отчаянно закричала, попыталась бежать — напрасно: летчик крепко держал ее за руку. Вырваться тоже не удалось, хотя в свои двенадцать лет девочка была крепкой и ловкой. В момент незнакомец подхватил Энни, будто куклу, она даже глаз не успела зажмурить от испуга.

Размахивая молотками, к месту происшествия бежали Альфред и Тим. Но вертолет уже висел в воздухе — они опоздали.

Когда черная точка исчезла за лесом, потрясенные Тим и Фред все стояли и смотрели вслед. Опомнившись, они заторопились в город.

Энни испугалась и едва сознавала, что находится в кабине вертолета, что дверца крепко заперта, а машина набирает высоту.

Вертолет понесся над лесами и полями Волшебной страны. Какое-то время виднелись сверкающие башни Изумрудного города, потом они исчезли. Внизу мелькали фермы и сады, где работали люди. Они провожали взглядами летящую машину и, конечно, не знали, что та уносит гостью из Большого мира, которая хотела им помочь, а вместо этого сама попала в беду.

Кричать и звать на помощь было бесполезно, да и небезопасно (невольно Энни могла назвать имена своих друзей), она это понимала.

Летчик обернулся, внимательно поглядел на Энни и что-то сказал. Тон, каким он говорил, не был резким. Возможно, менвит убеждал ее не бояться. Во всяком случае взгляд его продолговатых, чуть прищуренных глаз не был злым.

Девочка пожалела, что с ней нет серебряного обруча: как бы помог ей в теперешнем положении подарок Тонконюха XVI! Чудо совершилось бы, когда ее высаживали из машины или куда-нибудь вели. Она в один миг выскользнула бы из рук, сделалась невидимкой, и тогда пусть бы поискали ее похитители.

«Ну вот, размечталась, как в сказке, — подумала Энни. — Чего нет, того нет».

Она опустила голову, и вдруг что-то холодное, как будто соскользнувшее с цепочки, коснулось ее руки. Энни даже подскочила: ну как она могла забыть! Это же серебряный свисточек Рамины. Вот он, ключ к спасению!

Энни с опаской поглядела на широкую спину летчика: не заметил он ее движения, не обратил внимания на свисток? Летчик обернулся, почувствовав ее взгляд, ободряюще покивал ей головой. Нет, он был занят, он следил за приборами, управлявшими вертолетом.

Итак, план побега готов. Как только она останется одна, она позовет королеву Рамину: царственная подруга поможет в беде. Она обладает волшебной способностью: какое-то мгновение — и перенеслась в любое место. Узнав все, что произойдет с Энни, Рамина немедля передаст это в Изумрудный город.

Вертолет приземлился в Ранавире. Пилот (им оказался сам Кау-Рук) настойчивым поворотом головы приказал Энни следовать за ним, девочка покорно пошла за менвитом.

Появление пленницы в лагере Пришельцев не произвело никакого впечатления. Менвиты равнодушно проходили мимо. Арзаки тоже не отрывались от работы. Но, поравнявшись с одним из них, она, как по волшебству, услышала такие понятные слова:

— Ты... будь... спокойна...

— Это Ильсор, — угадала пленница.

Энни и в самом деле пошла бодрее. Дело обстоит не так уж плохо, если среди Пришельцев у тебя находится друг.

Штурман похитил пленницу по приказу Баан-Ну. События последних дней, особенно проделки птиц и летучих мышей с сигнализацией, показались генералу подозрительными.

«Все ли так в этой стране, как объясняет Ментахо?» — думал он. Баан-Ну решил проверить показания ткача. Ввиду особой важности задание он поручил Кау-Руку и велел доставить ему кого-нибудь из землян не из ближайшего поселка рудокопов, а из окрестностей Изумрудного города.

— Так вернее, — считал Баан-Ну.

Энни шла за Кау-Руком, стараясь держаться спокойно. Баан-Ну вышел из замка в расшитом орденами мундире. Ильсор уже приготовился сопровождать его. Энни загляделась на нарядный костюм.

«Наверно, это очень богатый человек, какой-нибудь вельможа, — подумала она. — Такие красивые костюмы я видела только в книжках».

Генерал был довольно суров, он не смягчился, увидев приветливое лицо девочки.

Беседа, которая больше напоминала допрос, происходила в Синем доме пленников. Первым делом из комнаты выпроводили Ментахо и Эльвину. Эльвина, как обычно, собираясь на прогулку, взяла с собой корзину для грибов.

Неожиданно столкнувшись в дверях с гостьей из Большого мира, старики, вместо того чтобы обрадоваться, страшно расстроились. Они поняли основное: девочка, как и они, — пленница менвитов.

Ментахо успел показать Энни на себя, покачал головой, приложил палец к губам. Потом показал на Эльвину и тоже приложил к губам палец.

Энни задумалась: «Наверное, он хочет сказать, что мы не знакомы, во всяком случае, чтобы я о чем-то молчала».

Так оно и было.

Баан-Ну прежде всего спросил пленницу:

— Знакома ты с людьми, которые вышли отсюда?

Машина в углу комнаты, похожая на маленький рояль, к удивлению Энни, замигала, зашипела и стала переводить вопросы Баан-Ну — Энни, а ответы девочки — генералу.

— Нет, — ответила Энни, — я их не знаю.

120

Кау-Рук с интересом поглядывал на машину, прислушивался к беседе, Ильсор реагировал на все с привычным спокойствием, только взгляд, пожалуй, стал более пристальным.

— А как их зовут? — схитрил Баан-Ну.

— Если я не знаю этих людей, — удивленно сказала Энни, — разве я могу назвать их имена?

Дальше начались вопросы, которые Баан-Ну не раз задавал ткачу.

По рассказам Фараманта и Страшилы Энни знала и вопросы и ответы.

Она добросовестно пересказала генералу, что страна, куда прилетели Пришельцы, зовется Гудвинией, что имя свое она получила от короля Гудвина, что королевства, присоединенные бесстрашным королем, зовутся Гингемией и Бастиндией.

Слыша знакомые имена, Баан-Ну все более и более успокаивался. И когда на вопрос о великанах девочка ответила точь-в-точь, как в свое время Ментахо, генерал окончательно

121

поверил в правдивость пленника ткача. Действительно, не могла же девчонка из другой части страны в случае обмана выдумать совершенно так же, как Ментахо.

Баан-Ну вовсе не сурово поглядел на Энни, настроение его заметно улучшилось.

— Теперь, когда вы узнали от меня все, что хотели, — вежливо попросила Энни, — не можете ли вы меня отпустить домой?

Но едва машина перевела просьбу, как генерал снова нахмурился.

— Нет, — жестко сказал он. — Ты останешься жить вместе с Ментахо и Эльвиной. Я прикажу им заботиться о тебе.

И генерал в сопровождении Ильсора и Кау-Рука покинул домик.

— Хорошо же, — крикнула ему вслед Энни, — если Тилли-Вилли захочет, он из любого котлету сделает!

Говорильная машина старательно переводила последние слова девочки, по счастью, их уже никто не слушал.

КОРОЛЕВА ПОЛЕВЫХ МЫШЕЙ

огда пленники остались одни, Энни, хитро посмотрев на Ментахо и Эльвину, сказала:

— Не огорчайтесь.

Подула в свисток Рамины, и перед ней тотчас появилась королева полевых мышей с несколькими фрейлинами.

Эльвина, невольно ахнув, сама не заметила, как оказалась на табуретке с ногами: добрая старушка боялась мышей.

— Здравствуйте, ваше величество! — вежливо обратилась девочка к королеве. — Простите, что потревожила вас, но мои дела плохи...

— Здравствуй, милая Энни! — ответила Рамина. — Разве ты не имеешь права на мое внимание и помощь? Ты же владелица серебряного свистка! Но как ты очутилась во власти Пришельцев с другой планеты?

— Вы уже знаете? — удивилась Энни.

— Конечно, — спокойно продолжала Рамина. — Меня давно просветила моя царственная сестра, королева летучих мышей Таррига. А ее подданные недавно устроили непрошеным гостям хорошенький концерт!

Рамина, не сдержавшись, хихикнула, фрейлины почтительно ее поддержали.

— Воображаю, как друзья волнуются теперь из-за меня, — сказала Энни, совсем расстроенная. — Может, думают, что меня и на свете нет...

— Ты преувеличиваешь, милая Энни, — сказала королева-мышь. — На что тогда волшебный ящик Страшилы? Я уверена, твои друзья прекрасно знают о тебе все. Сейчас я это проверю.

И, прежде чем Энни успела опомниться, Рамина исчезла, оставив в Синем домике фрейлин, на которых со страхом косилась старушка Эльвина.

Прошло минут двадцать, не больше, а королева уже успела побывать везде, где хотела. Вид у нее был довольный.

— Ну, конечно, все, как я думала! — заявила она. — Лишь только Фред и Тим добежали до дворца Страшилы, всевидящий ящик заработал, и твои приключения известны. Друзья надеются скоро тебя выручить... К слову сказать, нашлось дело государственной важности и для моих подданных.

Энни сразу же поняла, что это за дело.

Старики предложили мышам роскошное угощение из кусочков сала и поджаренных хлебных крошек. Пир затянулся до ночи. Прощаясь, Рамина обещала в перерывах между государственной службой навещать Энни и бесперебойно поддерживать связь между Энни и ее друзьями. В экстренных случаях Энни могла пользоваться свистком.

НАШЕСТВИЕ НЕВИДИМОЙ АРМИИ

Мыши подключились к работе государственной важности, и подземный ход стал расти не по дням, а по часам. Вслед за полчищами мышей по мягкой взрыхленной земле, специально оставленной для приглушения шагов, шли бригады Лестара и Ружеро, прокладывая трубы, которые несли дуболомы.

Острозубое воинство разбилось на полки и батальоны, и у каждого подразделения был свой участок работы. Одни вгрызались в землю, проделывая тысячи норок, которые, сливаясь, образовывали большую нору, другие выносили землю аккуратно и понемногу, чтобы никто не заметил, ссыпали ее в лесу у корней деревьев. Остальные пробрались в замок-убежище.

Энни мирно спала в Синем домике, у двери которого снова стоял часовой, а тем временем в Ранавире сновали серые полчища.

Мыши с удивительной ловкостью протискивались сквозь незаметные дыры и щели, словно вода, просачивались через плохо притворенные двери комнат и дверцы шкафов.

И вот утром в мастерских менвитов у электрических проводов оказалась полностью обгрызенной изоляция. Колбы, мензурки, пробирки с различными веществами валялись разбитыми на полу. Баки с пробами топлива были продыравлены — из них вытекло горючее. От гербариев, собранных из растений Волшебной страны, осталась одна труха. У комбинезонов, висевших на вешалках, уцелели только воротники: остальное клочьями лежало на полу.

Баан-Ну еще спал, когда к нему вошел Ильсор. Переступив порог личных покоев генерала, он так удивился, что начал протирать глаза.

— Мой генерал, господин Баан-Ну, — тихо позвал Ильсор.

Баан-Ну вздрогнул, и сон мигом слетел с него. Картина ужасного погрома предстала перед ним. От шкуры тигра, лежавшей у постели, остался один пух. Ночной халат генерала был изорван на полосы. Великолепные сапоги больше походили на сандалии, какие носили древние греки, остальное было съедено.

Ильсор хотел подать Баан-Ну его мундир, но в шкафу была груда лоскутьев.

Баан-Ну в ночной рубашке, не дожидаясь, когда ему принесут запасную одежду с «Диавоны», поспешил в свой кабинет. Сердце его замирало от предчувствия непоправимой беды. Накануне он так устал от описания схватки с полчищем невидимок, что, поставив точку, не убрал рукопись, как обычно, в портфель и не спрятал под подушку. Этот бой с

невидимками снился ему всю ночь, неужели он оказался пророческим?

Взглянув на стол и увидев там лишь горсти бумажной пыли, Баан-Ну со стоном обхватил голову руками и опустился в кресло.

В это время прибыл с докладом Мон-Со.

— Мой генерал, — начал он, — в Ранавире разбито, разорвано все, что можно разбить и разорвать. Наверное, это земляне побывали...

Мон-Со не успел договорить, на пороге показался врач Лон-Гор.

— Мой генерал, — сказал он, — бинты исчезли, термометры перебиты, все порошки рассыпаны и перемешаны. Земляне...

— Какие земляне? Что вы мне голову морочите землянами? — закричал на них генерал, он больше не мог сдержаться. — «Завоевание Беллиоры», моя книга, труд всей моей жизни погиб, — запричитал он, к недоумению стоявших менвитов.

Самым любопытным во всей неразберихе оказалось то, что личное имущество арзаков не пострадало. Баан-Ну потребовал к себе пленников. К нему в кабинет привели Энни, Эльвину и Ментахо. Но затворники Синего дома не ведали ничего. Да и как они могли знать, если окна домика закрывали стальные решетки, дверь снаружи была заперта, а часовой-менвит ни на шаг не отходил от крыльца...

СТРАННЫЕ СОБЫТИЯ В РАНАВИРЕ

И вот настал день, к которому Тим долго, самым основательным образом готовился. Мальчик надел не стесняющий движений спортивный костюм, сапоги на мягкой подошве, чтобы бесшумно ступать. В карманы положил гаечный ключ, отвертки, маленькие клещи. За пояс заткнул кинжал в кожаных ножнах. Серебряный обруч, чтобы не потерять в суматохе, закрепил на голове ремешком.

Пожалуй, было предусмотрено все, но инженер Каннинг еще и еще раз напоминал мальчику об осторожности.

— Пришельцы не догадываются, — говорил Фред, — откуда Энни. Но если рамерийцы схватят тебя, по твоему росту и силе поймут: ты не коренной обитатель Гудвинии.

Тим соглашался со всеми доводами, лишь бы его быстрей отпустили. Когда же Фред посоветовал: «Не будет возможности — не торопись, оставь пока Энни в плену», — мальчишка так упрямо стиснул зубы, что сразу стало видно — это наставление Фреда он выполнять совсем не собирается. Про себя Тим давно решил: если Фред его не отпустит, он сделается невидимкой и сбежит из города. Ведь волшебный обруч у него на голове!

— Ох, боюсь, наделаешь ты беды! — озабоченно сказал Альфред, расставаясь с мальчиком.

Наконец-то Тим забрался в кабину Тилли-Вилли, и великан скоро доставил его в долину Гуррикапа. Всю дорогу Железный рыцарь расспрашивал мальчугана про Чарли Блека. Тим редко встречался в Канзасе с одноногим моряком, но, не желая огорчать великана, фантазировал и рассказывал уйму историй про геройские подвиги Чарли на Большой земле, которая, по его словам, кишела колдунами и ведьмами. Простодушный великан выражал свой восторг так громко, что гул его голоса разносился на многие мили вокруг. Хорошо еще, что дорогой им не попался ни один вертолет Пришельцев.

Железный рыцарь укрылся в павильоне Гуррикапа, а Тим, повернув рубиновую звездочку, сделался невидимым и смело зашагал к Ранавиру.

Старейшина гномов Кастальо, описывая последующие дни в лагере Пришельцев, назвал их сумасшедшими.

Все началось с того, что железная бочка с горючим, стоявшая на горке близ взлетных площадок, неожиданно скатилась по наклонному помосту. Она мчалась так стремительно, что летчики и инженеры едва успевали от нее увертываться. В довершение беды бочка наскочила на личный вертолет Баан-Ну, которым генерал еще ни разу не пользовался, и

разнесла его вдребезги. А это была лучшая машина эскадрильи, самая роскошная и быстроходная.

Генерал пожелал лично убедиться в случившемся. Но когда он проходил мимо колодца, шланг, тянувшийся от него, сам собой отскочил. Тугая холодная струя ударила в грудь и лицо Баан-Ну. Новый нарядный костюм генерала, только что после нашествия мышей извлеченный из запасника «Диавоны», в один миг был окачен потоком воды.

Генерал пытался хоть что-то сказать, но всякий раз точно в рот ему хлестала вода, и он захлебывался. Водяной поток, ударяясь о землю, разбивался на мельчайшие водяные брызги, в которых весело сияла радуга.

Конец неприятному приключению положил Ильсор. Поднырнув под струю, он ухватил извивающийся как змея шланг. Вождь арзаков мог бы поклясться, что со шланга соскользнула чья-то невидимая рука. Тут же послышались мягкие, быстро удаляющиеся шаги. Ильсор завернул кран и скорее повел мокрого генерала переодеваться.

Баан-Ну был вне себя от гнева. Но он не избавился бы от жгучего стыда до конца своих дней, если бы знал, что всю сцену с начала до конца наблюдали во дворце Страшилы.

— Ну и Тим! Ну и молодчина! — выкрикивал Фарамант, хлопая в ладоши. — Вот так баню устроил!

Страшила важно сказал:

— Экс-тра-ор-ди-нар-но-е зрелище!

И только Каннинг нервничал, приговаривая:

— Ох, боюсь, наделает он беды!

В лагере Пришельцев как будто начало успокаиваться.

Уборочная машина засыпала песком огромную лужу возле колодца, где искупался генерал.

И вдруг в Ранавире снова все взбудоражилось, да еще как!

Виновником новой суматохи оказался сам Баан-Ну.

На случай опасности в лагере предусматривался сигнал боевой тревоги, а секретная кнопка находилась в кабинете Баан-Ну.

Сухому, но растрепанному генералу, едва успевшему натянуть на себя шорты, по причинам, понятным ему одному, захотелось проверить, готовы ли его подчиненные к отражению внезапной атаки землян...

Рамерийцы снова переполошились. Каждый бежал к тому месту, которое предназначалось ему по уставу. Менвиты тащили огнетушители, щелкали кнопками лучевых пистолетов, проверяя их исправность. Часовые из отряда особого назначения, захлопнув люк звездолета, как грозные изваяния, стояли возле него.

День и ночь суетились рамерийцы, выполняя приказы генерала, а утром их ждали новые сюрпризы.

Столы и стулья в зале, где обедали менвиты, взгромоздились в пирамиду, вершина которой уходила под потолок. Из палатки рабов все сапоги ушли на лесную поляну и расположились кругом с таким видом, будто собирались водить хоровод.

Арзаки со смехом разобрали свою обувь: над ними, конечно, пошутили, но им не хотели причинять вреда.

На взлетных площадках ночью раздавались треск, пощелкивание, но часовые никого не заметили. И тем не менее почти у всех вертолетов с приборных досок исчезли важные детали...

Баан-Ну приказал привести к себе Ментахо. Злобно уставившись на него, генерал сказал:

— Слушай, землянин, ты должен объяснить причину этих непонятных явлений.

Ментахо не растерялся. Ильсор уже передал ему наказ Страшилы.

— Что поделаешь, господин генерал! В этом году Дни Безумия наступили раньше обычного, и я не успел вас предупредить.

Он виновато развел руками.

— Какие Дни Безумия? — нахмурился генерал.

— Дни Безумия Вещей, господин генерал! У нас в Гудвинии такое случается ежегодно. Мы уже привыкли к этому и держим ухо востро.

— Что значит «держать ухо востро»?

— Это значит остерегаться, когда имеешь дело с вещами. Они выходят из повиновения и стараются причинять людям всяческие неприятности. Лопата бьет землекопа по лбу, посуда со стола скачет на пол, изгороди от домов уходят в лес...

— Ну и дикая страна у вас, — произнес генерал. — И сколько времени продолжаются эти Дни Безумия?

— Обычно день-два, редко больше. Я полагаю, господин генерал, что вещи уже успокоились. Дальше все пойдет тихо и мирно, — сказал ткач.

Генерал отпустил Ментахо и долго размышлял о том, как много на Земле диковинного и непонятного, чего никогда не происходит на Рамерии.

БЕГСТВО

После необъяснимых событий в Ранавире инопланетяне ходили настороженные, на вещи поглядывали с опаской, ожидая от них новых проделок. Открыв дверь, они быстро проскакивали, боясь, что она стукнет по лбу или по затылку.

На этот раз генерал не поверил россказням Ментахо и распорядился на всякий случай удвоить караулы у всех проходов и приказал патрулям ежечасно прочесывать территорию лагеря.

Тим попал в затруднительное положение и жалел, что в своих попытках насолить Пришельцам переусердствовал. Не случись этого, он без всяких помех похитил бы Энни. Но теперь, когда менвиты начеку, дело осложнилось. Однако Тим не терял надежды. Затаившись за штабелями дров, он неустанно вел наблюдения за Синим домиком. И в конце концов дождался!

Энни под стражей повели из домика к замку Гуррикапа, видимо, генералу опять понадобилось что-то уточнить.

Тим не мешкая выскочил из-за дров, схватил Энни за руку, шепнул:

— Бежим!

Обруч скрывал от людского взора не только того, на ком был надет, но и всех, кто прикасался к его обладателю.

Менвит, смотревший на Энни во все глаза, оцепенел от изумления: пленница, которую он вел в замок, мгновенно растворилась.

Энни и Тим побежали. Менвит же, услышав топот, закричал изо всей мочи:

— Невидимки! Держите невидимок! Они здесь, недалеко!

По лагерю была объявлена тревога. Дорога к ближайшему проходу оказалась отрезанной отрядом менвитов. Тим и Энни всюду натыкались на Пришельцев. Мальчик замер в растерянности, но, по счастью, увидел вблизи сторожевую вышку. Она была пуста.

— Лезем на вышку! — прошептал он Энни.

Взбираться по узкой лестнице вдвоем, все время держась

друг за друга, было нелегко, но ребята сумели это сделать. И вовремя!

Менвиты повсюду ходили цепью, взявшись за руки, прочесывая территорию базы. А невидимки как сквозь землю провалились.

Мон-Со руководил поисками в районе вышки. Заметив, что на ней нет охраны, он послал арзака проверить, действительно ли она пуста.

Арзак проворно вскарабкался по лестнице на площадку, где безмолвно замерли Энни и Тим. Он сразу услышал их взволнованное дыхание, небрежно провел рукой в пространстве и громко крикнул вниз:

— Никого, господин офицер! — и лихо спрыгнул на землю.

Еще долго продолжались поиски, но безрезультатно.

«Может быть, земляне умеют становиться не только невидимыми, но и неосязаемыми? — с беспокойством думал

генерал. — Если это так, и представить не могу себе, как с ними бороться?»

Под вечер на базе стало спокойнее: ее обитатели разошлись отдыхать, и даже часовые сидели у своих постов.

Без скрипа и шума Энни и Тим спустились по лестнице и тихо прошмыгнули мимо часового у ближайших ворот. Они направились в павильон, где их ждал Железный рыцарь.

ЗЛОВЕЩИЕ ПЛАНЫ

Баан-Ну созвал секретнейшее совещание своего штаба. Из арзаков присутствовал только Ильсор, и то в качестве слуги генерала.

Открывая совещание, Баан-Ну провозгласил здравицу в честь великого, непобедимого Гван-Ло. Присутствующие встали, протянули вверх руки и троекратно прокричали хриплыми голосами:

— Горр-ау!

— Пора покончить с Гудвинией, — объявил генерал без всякого предисловия. — Начнем с Изумрудного города — сердца Гудвинии. Уничтожим все, а изумруды захватим. Покажем землянам, на что мы способны. До сих пор мы только удивляли их, они старались разгадать, кто мы такие. Теперь пусть живут в страхе, пусть трепещут.

Безмолвно Ильсор обходил присутствующих, подавая напитки и фрукты, и ловил каждое слово.

— Кодовое название операции «Страх». В ней участвуют все вертолеты. Вооружим их бомбами. Когда большинство жителей будет перебито, оставшиеся покорятся нашему взгляду.

Генерал умолк, тут же раздались возгласы одобрения.

— Мы все вернемся на Рамерию богачами, — пообещал Баан-Ну.

Он не сказал, конечно, того, что давно решил присвоить сокровища Изумрудного города.

— Мой генерал, — почтительно обратился к Баан-Ну командир вертолетчиков Мон-Со, — после того как невидимый враг побывал у нас, почти все вертолеты в неисправности.

— Сколько вам нужно времени для ремонта? — спросил генерал.

— При самой усиленной работе не меньше десяти дней, — ответил тот.

Ответ обрадовал Ильсора. Есть время и сообщить куда нужно, и что-нибудь придумать.

Тоном, не допускающим никаких возражений, генерал сказал:

— Вертолеты должны быть готовы в срок. Людей для ремонта и запасные части получите полностью. За готовность машин отвечают лично Мон-Со и ты, Ильсор.

— Слушаю, мой генерал, — склонил голову командир эскадрильи Мон-Со.

Ильсор, который вновь почувствовал себя главным техником, поклонился. И совещание на том закончилось.

Усыпительная вода

НАСТУПЛЕНИЕ ДУБОЛОМОВ

Ч**ерез** Ментахо Ильсор передал о готовящемся налете инопланетян на Изумрудный город.

Военный Совет собрался за полночь в Тронном зале Изумрудного дворца. Дня уже не хватало. На учете была каждая минута. Все только и думали, как отвести страшную угрозу, нависшую над Волшебной страной. После дня непрерывных дум члены Совета валились от усталости. Даже у Страшилы краска трескалась от сильного перенапряжения. Энни приходилось брать краски, кисть и подрисовывать ему лицо. У Дровосека от переживаний слезы выступали на щеках, и, чтобы они не заржавели, требовалось каждый час капать на них из масленки.

Особенно трудно было участвовать в заседании Кагги-Карр. То один, то другой ее глаз закрывался набухшими тяжелыми веками; только тряхнув головой, ей удавалось снова открыть глаза. Первым высказался Страшила. Речь его, как всегда, отличалась краткостью и свойственной ему мудростью.

— Мы не должны отдавать инициативу Пришельцам, — сказал он. — Пока ведется прокладка водопровода, нужно предпринять активные наступательные действия. Нужно навязать Пришельцам свою тактику и заставить их перейти к обороне. Какие будут предложения? — спросил Правитель. — Говорите кратко. Помните, где много слов, там очень мало мудрости.

Речь Страшилы, конечно, одобрили, но выступать с предложениями не торопились. Легко говорить просто так, и уж совсем другое дело быть мудрым.

Первым отважился нарушить молчание Фарамант. Длительные вахты у ворот вообще располагают к серьезным размышлениям, и если вам нужен добрый совет, спросите его у Стража Ворот: у него их не счесть.

— Нужно сделать вылазку в лагерь Пришельцев, — сказал Фарамант. — Нападение должно быть мощным, быстрым, а главное оружие Пришельцев — лучевые пистолеты — бессильным. Короче, я не вижу других кандидатов для участия в вылазке, кроме дуболомов.

Тут вмешался Дин Гиор, который как фельдмаршал отвечал за успех военной кампании Волшебной страны.

— Мысль Фараманта верна, — сказал он, — однако смогут ли осуществить операцию дуболомы? Мы им нарисовали добрые лица и не знаем, как такая перемена сказалась на их умственных способностях. Я не возражаю, я предлагаю обсудить это обстоятельство: от него зависит исход операции.

Возникло противоречие, самое время было вмешаться Мудрому, и Страшила сказал:

— Кто добр, тот и умен. У дурака не может быть доброго лица, у него на это не хватит ума. Лучших кандидатов, чем дуболомы, нам, по-видимому, не найти. Единственно, о чем стоит подумать, как защитить их от лучевых пистолетов. Луч их не убьет, но может поджечь деревянные тела. Какие мнения у членов Совета?

— Можно надеть на дуболомов мокрые плащи, — прокаркала Кагги-Карр; привычка давать советы поборола ее сон.

— Плащи под солнцем или на ветру быстро высохнут. Не годится, — высказался, наконец, Железный Дровосек, которому никак не удавалось вставить словечко после того, как члены Военного Совета разговорились.

— Нужно защитить дуболомов зеркальными щитами, — тут же выпалил Страшила. Как энциклопедист он не знал трудностей в правильных ответах. Естественно, следующее слово было за Каннингом, поскольку речь зашла о поисках технических решений на основе научных знаний.

— Зеркальные щиты — не только превосходная защита от лучевого оружия, — заметил он. — Если их расположить в виде кривого зеркала, то можно сфокусировать лучевую энергию и направить ее по обратной дороге — против Пришельцев.

Совет можно было закрывать, так как его основная цель — опередить менвитов собственной наступательной операцией — была достигнута. Были ясны исполнители. Понятно, как защитить их от оружия Пришельцев. Найден способ, как повернуть это оружие против самих врагов. Подготовка к вылазке не заняла много времени. Пока мастера готовили латунные щиты, обрабатывали их по рецепту Каннинга ртутью — для зеркального блеска, дуболомы под руководством генерала Лана Пирота обучались перестроениям, позволявшим на ходу отражать лучевую энергию и направлять ее то на один, то на другой предмет.

Танцевальные способности Лана Пирота и его командирские навыки как нельзя лучше пригодились при обучении дуболомов упражнениям с зеркалами в пешем строю.

Чтобы не раскрывать замысла операции, дуболомы держали в руках вместо зеркал разноцветные обручи.

Жители Волшебной страны с интересом наблюдали за этими танцами ансамбля дуболомов под руководством Лана Пирота, хотя и не могли взять в толк, почему деревянные солдаты предаются праздным развлечениям перед грозящим нападением менвитов. Как бы там ни было, никто не остался в обиде за неожиданный красивый праздник.

Был и еще один плюс от выступления ансамбля. С борта вертолета, который вел наблюдение за Изумрудным городом, генералу Баан-Ну поступила телеграмма: «Беллиорцы пляшут».

— Что ж, попляшите, попляшите, — подумал генерал, пе-
речитывая телеграмму. — Хорош танец только победителя.

На следующее утро фельдмаршал Дин Гиор давал вой-
скам, участникам вылазки, последний смотр. Он глядел на
радостно улыбающиеся лица солдат и хмурился. Уж очень
они легкомысленно настроены. Фельдмаршал сурово спросил
Лана Пирота:

— Вы осознаете важность задания?

По лицу деревянного генерала от правого уха до левого
пробежала улыбка.

— Так точно, ваше превосходительство, господин фельдмаршал, — и он нетерпеливо сделал несколько па какого-то
веселого танца.

Дин Гиор только вздохнул. Если уж генерал таков, то чего от солдат требовать?

— Справитесь? — снова мрачно спросил он.

— Не извольте беспокоиться, ваше превосходительство, —
ответил Лан Пирот. — Если вы все хорошо продумали, успех
будет полный, потому что сделаем мы выше похвал, — и снова стал приплясывать на месте.

По сигналу боевой трубы отряд построился в колонну, все

солдаты подняли щиты перед собой и быстро побежали по дороге в направлении замка Гуррикапа. Не переводя дыхания, они проделали весь путь от Изумрудного города до поляны перед Ранавиром.

Сторожевые посты Пришельцев заметили дуболомов своевременно. По тревоге были подняты отряды менвитов, готовых пустить в ход свое испытанное оружие — лучевые пистолеты, но их озадачило, что беллиорцы сами перешли в наступление.

«Значит, они успели опередить нас в подготовке к войне. Успели или не успели, а надо отбивать их нападение. Не мешает хорошенько проучить самонадеянных беллиорцев», — так думали менвиты.

Тем временем отряд дуболомов на бегу перестроился в цепь. Цепь сомкнулась, образовав большой, во всю поляну, полумесяц, плотно прикрытый сверху сияющими щитами. Не

сбавляя хода, полумесяц двинулся навстречу отрядам менвитов.

По команде инопланетяне включили пистолеты, и вопли ужаса пронеслись в их толпе. Лучи пистолетов, отразившись от зеркального полумесяца, ударили в центр отряда менвитов.

Прежде чем Пришельцы сообразили, что это они сами себя поранили, и бросились врассыпную, несколько менвитов, получив сильные ожоги, рухнули на землю.

Не теряя времени, зеркальный полумесяц развернулся, и собранный щитами луч еще не выключенных пистолетов обратил в гигантский костер одну из бочек с припасенным для вертолетов горючим. Затем он заплясал на мастерской, из которой сразу пошли клубы дыма. Когда к менвитам вернулся, наконец, дар соображения, они выключили свои горе-пистолеты и пустили в ход пушки-картечницы. Полумесяц

рассыпался снова в цепь, дуболомы повесили щиты на спины и бросились бежать в обратную сторону.

Когда пожары потушили, раненых перевязали, менвиты рассмотрели трофеи, оставленные неприятелем: несколько голубых и желтых щепок, отлетевших от дуболомов при попадании картечи.

Радужное настроение завоевателей сменилось унынием.

В тот же день всему деревянному воинству был сделан ремонт. Солдатам нарисовали яркие новые мундиры, добавив к ним погоны и медали, а заново выкрашенному, сияющему Лану Пироту — золотые эполеты и орденскую ленту через плечо.

ОПЕРАЦИЯ «СТРАХ»

Страшила не согласился с предложением Фараманта снять для пущей сохранности изумруды с городских башен и стен, с мостовых и крыш домов. Остаться без изумрудов означало обнаружить страх перед врагом, все равно что сдаться на его милость.

— С ними веселее драться, — сказал Страшила. — Надо сохранить сияние зеленого огня. Он помогает и пусть играет всеми переливами.

— И верно, Изумрудному городу нельзя без изумрудов, — согласился фельдмаршал Дин Гиор.

А поскольку нельзя и изумруды должны, наоборот, помогать сражающимся, их не убрали, а начистили, чтобы ярче сверкали. И вот перед нападением менвитов Изумрудный город стоял во всем великолепии. На его защиту решили встать все жители и все удивительные создания Волшебной страны. Но что они могли перед чужестранцами? Могли быть храбрыми, а это уже немало.

Самыми храбрыми оставались в армии Волшебной страны железные и деревянные создания: Тилли-Вилли, Дровосек и дуболомы под командой Лана Пирота. Дуболомы уже приняли боевое крещение перед Пришельцами. Тилли-Вилли наточил свой меч, который едва сдвигали с места сорок

144

человек. Его огромный щит блестел, как зеркало, отражая солнечные лучи в сторону неприятеля (неплохая военная хитрость, которой он научился от дуболомов).

Железный Дровосек со своим тяжелым топором, хотя и был раз в десять ниже Железного собрата-рыцаря, тоже умел воевать.

Дин Гиор горячо взялся за дело. Недаром он из летописей, хранящихся в кладовой позади Тронного зала, почти наизусть выучил описания знаменитых битв, когда-либо случавшихся в Волшебной стране. Прежде всего он умело распределил имеющиеся военные силы. Выставил боевое охранение вокруг города, состоявшее из горожан с винтовками и револьверами, которые раздал Каннинг. Альфред стоял во главе охранения.

Горожане неплохо научились стрелять: из каждых пяти пуль в цель попадала одна — для людей, никогда никого не обижавших, такой результат был достижением хоть куда.

На стенах и башнях замерли наблюдатели — армия, таким образом, своевременно узнает о приближении неприятеля.

Основные силы, включая железных представителей армии Тилли-Вилли и Дровосека, Дин Гиор расположил в городе. Он не забыл о резерве. В нем он оставил деревянных солдат во главе с Ланом Пиротом. Их тщательно упрятали в лесу под листвой кустарников. А для связи фельдмаршал везде расставил деревянных гонцов. Но самое главное, что обязательно поможет в обороне Изумрудного города, предусмотрел Альфред Каннинг. По его указанию Энни вместе с женами Мигунов и рудокопов и все другие жители, кто умел держать иголку в руках, стежок за стежком шили мешки из плотной серой ткани. То было такое же боевое задание, как научиться стрелять из ружья. Серую ткань частично позаимствовал Ильсор в запасниках «Диавоны», а частично соткал Ментахо.

Когда шитье было готово, разожгли костры в городе и держали над ними мешки, чтобы наполнить горячим воздухом. Наполняясь, мешки превращались в огромные воздушные шары, которые повисли над городом.

Пока жгли костры и готовили воздушные шары, в небе, отвлекая внимание менвитов, летал ручной дракон Ойххо.

В лагере Пришельцев готовились к нападению на беллиорцев. Арзаки под неусыпным наблюдением менвитских летчиков и инженеров, таким, когда ни вздохнуть, ни мигнуть, ремонтировали поврежденные вертолеты: чинили сломанные приборы, ставили на место исчезнувшие новые детали, заряжали пушки-картечницы.

Они-то первыми и заметили в небе крылатое чудовище, похожее на ящера. Оно махало огромными кожистыми крыльями, сильные когтистые лапы его болтались под желтым чешуйчатым брюхом, среди длинных острых зубов в разинутой пасти трепетал красный язык.

— Смотрите, — закричали сразу несколько арзаков, — летающий ящер!

Қау-Рук как раз проверял свой вертолет. Он внимательно пригляделся.

— Откуда взялось это ожившее ископаемое? — сказал он. И сейчас же отправился к Баан-Ну.

— Взгляните на небо, мой генерал, — обратился штурман к Баан-Ну. — Вы ничего не замечаете?

— Дракон? — спросил изумленный генерал, не веря своим глазам. Он следил за полетом Ойххо с замиранием сердца.

— Может быть, повременить с операцией «Страх»? — вопросительно посмотрел на генерала Кау-Рук.

— Нет, — решительно возразил генерал, — боевой вылет не может быть отменен из-за каких-то фокусов землян. Надо кончать с этими земными невероятностями, и чем скорее, тем лучше.

Скоро и наступил день, предназначенный Баан-Ну для операции. Вертолеты устремились к Изумрудному городу. В каждой машине, кроме пилота, находился стрелок. Летчики запаслись большими шкатулками для изумрудов и других ценностей. Они верили Баан-Ну, который обещал:

— После боя ваши шкатулки наполнятся доверху. Сначала вы доставите их в Ранавир — мне на хранение. В дальнейшем возьмете с собой на Рамерию. На родине вы станете самыми богатыми людьми.

Машины двигались к цели, члены экипажей переговаривались по рации. В то время как от Ранавира к Изумрудному городу двигалась эскадрилья из тридцати вертолетов, от северной части Кругосветных гор им навстречу спешила тоже своя эскадрилья. Это были орлы Карфакса. Орлы проявляли особую осторожность с тех пор, как пушка инопланетян ранила Гориэка. По природе своей они вообще с людьми общались мало. Но они тоже были жителями Волшебной страны. Почуяв в поведении Пришельцев недоброе, Карфакс повелел собратьям глаз не спускать с непрошеных гостей.

Вот почему, заметив совсем не мирные намерения отряда вертолетов, орлы тотчас помчались навстречу. До города оставалось меньше трех десятков миль, когда командиру Мон-Со, да и другим пилотам показалось, будто на их трассе далеко впереди замелькали темные точки, похожие на птиц. Они то скрывались, то приближались. Нарастал неясный гул.

И тут на зеркало, укрепленное перед Мон-Со, легла серо-черная тень, падающая сверху, как будто прямо из облака. Неясный гул перешел в воинственный клекот. Из любопытства Мон-Со опустил боковые стекла кабины, высунул голову... И в тот же момент чуть не лишился ее. От взмаха гигантского крыла в него ударил ветер такой сокрушительной силы, что Мон-Со вдавило в кресло кабины.

Еще бы чуть-чуть, и его вообще выбросило бы из вертолета.

Скорее от страха, чем что-либо соображая, Мон-Со поднял стекла и увернул вертолет от крыльев гигантского орла. Торопливо оглянувшись по сторонам, он заметил: около других машин происходит то же самое, орлы, распластав крылья, бросаются к вертолетам.

— Ну что, мой полковник, будем делать? — услышал Мон-Со по рации насмешливый голос Кау-Рука. — Как вы рассчитываете отражать это исполинское нападение? Не лучше ли сразу выйти из игры? Не знаю, как вы, а я поворачиваю. Не хочу ни сам погибать, ни истреблять этих гордых птиц. С орлами воевать — мы так не договаривались!

— Запрещаю! — закричал Мон-Со сорвавшимся голосом. — Будете отвечать перед Баан-Ну!

— Как вы не понимаете?! — тоже прокричал Кау-Рук, поскольку шум вокруг стоял невообразимый. — Побоище — сплошная бессмыслица. Зачем нам калечить таких благородных птиц и самим погибать при этом?

— Вы трус! — почти зарычал Мон-Со.

Но Кау-Рук, не слушая больше его, развернул вертолет и направил на одну из лесных полян.

В воздухе закипел ожесточенный бой.

Орлы камнем падали на вертолеты, обхватывали их мощными крыльями; со стороны лобового стекла перед летчиками вырастали огромные клювы. Дневной свет мерк перед пилотами, закрытый теменью. Они наугад хватались за рычаги, вертели штурвалы. Стрелки палили перед собой из лучевых пистолетов. Для птиц-гигантов не выстрелы были страшны. Крутящийся винт вертолета подрубал их, врезаясь в тела. Испытывая боль, орлы только сильнее сжимали крылья. Пилоты выпускали из рук штурвалы, машины теряли управление. Несколько вертолетов полетело вниз, но разбились и орлы. Карфакс, видя гибнувших соплеменников, снизу ринулся на ближайший вертолет, стал хлестать его крыльями, вцепился когтями в шасси, тряхнул так, что машина перевернулась. Зависнув на какой-то миг в воздухе, она стремительно рухнула вниз и взорвалась.

Расправившись с одним вертолетом, Карфакс бросился к другому, третьему...

Часть орлов атаковала вертолеты со стороны малого хвостового винта. Издавая воинственный клич, они смертной хваткой впивались в него когтями, ломали сильными лапами, разбивали клювом-молотом.

В битве не просили и не давали пощады. Лучевые пистолеты стреляли непрерывно, правда, без толку. Наученные горьким опытом, орлы больше не приближались к лобовым стеклам. Нападая снизу или с хвоста, они, лишь машина теряла управление, оставляли ее в покое.

Гигантские размеры птиц и их неистовость вселили в инопланетян ужас. Тот самый страх, который они хотели принести в Изумрудный город, собираясь поставить землян на колени.

Армии Дина Гиора не пришлось участвовать в бою, но его бойцы были самыми пристрастными зрителями на свете. Успехи союзников-орлов они встречали восторженным ревом, а гибель — горестными стонами. Тилли-Вилли долго бежал за одним падающим вертолетом, надеясь хватить по нему мечом, но вертолет ухнул на огромный дуб и разлетелся на куски.

Наконец, эскадрилья Пришельцев обратилась в бегство. С погнутыми винтами, с поврежденными моторами, разбитыми шасси, виляя, вычерчивая невообразимые фигуры, уцелевшие вертолеты пробирались в Ранавир. Пустые шкатулки для изумрудов давно были сброшены за борт. Враги убегали, а летучее воинство преграждало им путь в долину Гуррикапа. Только десятку машин удалось добраться до убежища. Кое-как дотянул до места и Мон-Со. Его доклад, а больше всего вид разрушенных вертолетов произвели на Баан-Ну потрясающее впечатление. Страх поселился и в сердце генерала, еще так недавно считавшего себя всесильным. Он никак не мог понять, что же происходит в такой маленькой стране, населенной совсем робкими жителями?

Переводчик Ментахо уверял генерала, что орлы не собираются нападать на Ранавир. Они не питают враждебных намерений. Баан-Ну все равно била дрожь и страх не проходил.

Спустя несколько дней правители Изумрудного города и Фиолетовой страны, феи Виллина и Стелла пожаловали Карфаксу для его воинства высшие ордена своих государств.

Страшила приказал внести в летопись подробное описание исторической битвы. Гномы добросовестно исполнили свой долг.

ПОСЛЕДНЯЯ НАДЕЖДА МЕНВИТОВ

Генерал мрачно взглянул в зеркало, и сразу замерли его бесшумные размеренные шаги. Подойдя к креслу, он грузно сел в него, словно, кроме тяжести тела, с ним вместе опустились и его заботы. Еще никогда за все

пребывание на Беллиоре он не ощущал их так отчетливо. Неудачи последних дней сдавили его плечи и грудь, но сильнее всего от них болела голова.

«Что же делать? Что происходит? — размышлял Главный менвит. — Воздушный налет на Изумрудный город закончился полным провалом. Кто знает, может, пока мы на Рамерии создавали технику, беллиорцы открывали недоступные нам тайны природы? Почему гигантские орлы напали на вертолеты? Уж не люди ли Гудвинии их научили? А набег грызунов — случайность или дерзкая вылазка? По всему видно: беллиорцы догадались, что мы хотим их покорить. Что ж, силой не удалось, возьмем хитростью. И вот здесь нам поможет говорильная машина. С ней не будет осечки».

Генерал взял со стола серебряный колокольчик и нетерпеливо затряс им. Тотчас открылась дверь, на пороге кабинета появился Ильсор.

— Ильсор, все ли готово для опытов? — спросил Баан-Ну.

— Машина в полной готовности, полковник Мон-Со доставил двух землян в Ваше распоряжение. Препятствий для опытов нет, мой генерал.

Доклад успокоил Баан-Ну. Уж больше он не попадет в плен к событиям, он подчинит их своей воле.

— Испытания назначаю немедленно. Кроме Кау-Рука, Мон-Со и тебя никто не должен присутствовать, — приказал Баан-Ну.

Участники самого важного сейчас для менвитов опыта собрались во главе с генералом в Синем домике.

— Начнем с Ментахо, — предложил Баан-Ну.

Ментахо и Эльвина, почувствовавшие, что в Синем домике готовится что-то необыкновенное, присели на стульях у самой двери. Они думали, что их немедля отошлют за грибами. Вместо этого Баан-Ну поприветствовал ткача нежданным возгласом:

— Привет тебе, высокочтимый беллиорец!

«Пойди пойми этих генералов», — подумал Ментахо и тут же выпалил на менвитском языке:

— И тебе привет, мой повелитель.

Баан-Ну чуть нахмурился, бросив короткий взгляд на Кау-Рука.

— Немного переусердствовал Ментахо. «Повелитель» — еще рановато, — посчитал он. И, пристально глядя в лицо ткачу, приказал без лишних предисловий: — Ну-ка, придвинь ко мне свой стул, а сам отойди к говорильной машине и там стой.

Ментахо, который сидел, уставившись себе на ноги, он так всегда делал, разговаривая с Баан-Ну, не понял, кому адресованы последние слова, и не проявил ни малейшего интереса, чтобы выяснить.

— Расскажи без утайки, Ментахо, что тебя волнует, — вопрошал генерал, сверля глазами лицо ткача, но не находя его плутоватых глаз.

— Да что там волнует, — сказал Ментахо и озадаченно почесал затылок. — Ничего не волнует. Вот разве скучновато у вас, нам с Эльвиной поговорить не с кем, кроме какого-то ящика, — ткач кивнул в сторону говорильной машины.

«С этим толку не будет, — понял Баан-Ну. — Он не только выучил наш язык, но и разобрался, для чего сам понадобился нам. Тем хуже для него, мы его навсегда изолируем от жителей Гудвинии».

— Однако мы увлеклись беседой, — снова заговорил генерал. — Отдохни, Ментахо. Сходи с Эльвиной за грибами.

Ткач с женой ушли, прихватив корзинку.

— Давайте свеженьких, — сказал Баан-Ну. Часовые ввели в комнату одного из Жевунов. Он с любопытством осмотрелся вокруг и принялся изучать ордена, украшавшие грудь Главного менвита.

— Привет тебе, достойный сын Земли, — приветливо произнес генерал, подняв руку над головой. Раздался щелчок,

мигнула лампочка, и говорильная машина отчеканила слова генерала его же голосом, но на языке жителей Волшебной страны.

Жевун широко улыбнулся, сложил свои руки, изображая рукопожатие, и произнес:

— И тебе мой поклон, добрый человек.

Машина тут же выдала перевод голосом Жевуна. Всматриваясь в глаза беллиорца, генерал сразу подал команду:

— Заговори с Ильсором.

Жевун, услышав перевод, растерянно захлопал глазами.

— От чего я должен заговорить Ильсора? — спросил он.

Машина снова перевела, настал черед удивляться Баан-Ну.

— Заговаривать можно с кем-то, а не что-то, — поучительно произнес он.

Ильсор незаметно нажал одну из кнопок, говорильная машина принялась объяснять без всякой посторонней помощи:

— Заговорить можно и кого-то и что-то, и даже самого себя, как это происходит теперь с вами, мой повелитель.

Только изумление помогло генералу снести эту неслыханную

дерзость. Он так и сверкал глазами на ни в чем не повинного Жевуна:

— Заруби себе на носу, — резко заметил он, — что с генералом так не подобает говорить.

Крайнее недоумение отразилось на лице беллиорца.

— Я готов отрубить себе нос, но не могу понять, при чем тут генерал и какая вам от этого польза? — пролепетал он.

— Что ты мелешь, болтушка? — завопил, не выдержав, Баан-Ну.

Жевун совсем перепугался.

— Если бы я был мельницей, я молол бы муку. А если я болтушка, то яичницу-болтунью жарят на сковороде. Про что вы меня спрашиваете? Я вижу, вы сердитесь. Я ничем не хочу вас обидеть. Но отдавайте мне понятные приказания, а то я не знаю, что мне делать, — тихо молвил он и покорно и преданно взглянул на Баан-Ну.

— Мон-Со, — рявкнул генерал во всю глотку, — где вы взяли этот медный лоб?

Мон-Со вытянулся перед Баан-Ну, собираясь дать ответ, но в это время Ильсор снова нажал на кнопку, в машине что-то заскрипело, и до присутствующих донесся ее собственный хриплый голос:

— Ну вот, уже и обзывается, а еще генерал. Сам не может толком объяснить, чего хочет, а обзывает медным лбом.

— Ильсор, выключи немедленно машину. Мон-Со, отвечай, почему ты перестал нести службу? Тебе надоело быть полковником? Я могу сделать тебя лейтенантом! — кипел генерал. — Привести другого беллиорца! Ильсор, включи машину!

К Баан-Ну, который никак не мог успокоиться, подвели второго Жевуна.

— Возьми с подоконника лист бумаги, — отрывисто бросил Жевуну генерал и выразительно взглянул в его глаза.

Глаза беллиорца округлились, он ошалело начал вращать головой, что-то разыскивая.

— С чего я должен сорвать листок? Я не знаю таких цветов — подоконники. У нас растут подснежники, да и то высоко в горах. И где вы видите в комнате цветы? Что вы

называете «бумаги»? — наконец спросил он генерала и, поведя плечами, бессильно опустил руки.

— О чем он говорит? — повернулся генерал к Ильсору. Он не менее ошалело тряхнул головой.

— Это случайный набор слов; видимо, не все сочетания машина пропускает, — спокойно ответил слуга. — Мой генерал, позвольте мне задать беллиорцу вопрос, чтобы выяснить причину сбоя. — Дожидаясь разрешения, Ильсор почтительно глядел на генерала.

— Действуй, Ильсор, — позволил Баан-Ну.

— Достойный сын Земли, отвечайте, — молвил Ильсор. — Кто правит в Изумрудном городе?

— Там правит Мудрый Страшила.

— Ильсор, он втирает тебе очки. Как могут правителя именовать таким именем?

Жевун, которому машина успела перевести слова генерала, недоуменно уставился на лицо Баан-Ну:

— Какие очки я должен натереть господину, если он не носит никаких очков?

— Что, опять рассуждать? — рассвирепел Баан-Ну. — Ты сейчас поймешь меня, глупец. Мы говорили тебе слишком много слов, и твои куцые мозги не в состоянии их все переварить. Тебе проще понять язык команды. Возьми лист, — Баан-Ну сам взял с подоконника бумагу. — Нарисуй мне ваше страшилище.

Жевун подумал и изобразил саблезубого тигра с огромными клыками.

— Я так и думал, что речь идет не о правителе, — удовлетворенно заметил Баан-Ну. — Стоять, — скомандовал он с такой силой, что Жевун подпрыгнул чуть не под потолок, но

158

тем не менее успел вытянуть руки по швам. — Бегом! — бушевал генерал, сверкая глазами. — Марш!

И Жевун, сделав два скачка, вдруг перешел на церемониальный шаг, затем при команде «Бегом!» встрепенулся, бросился скакать и тут же начал отбивать шаг при команде «Марш!».

— Часовой, — взвыл Баан-Ну, — всыпать этому тупице десять палок!

— Вот вы, генерал, значит, самый важный господин, так растолкуйте мне, — сказал Жевун, — какая связь между часовщиком и палками и куда он должен мне их насыпать?

Машина подмигнула Жевуну и издала бормочущие звуки на языке менвитов.

Генерал побагровел и молча ринулся к дверям.

Кау-Рук и Ильсор переглянулись между собой, и штурман пожал плечами.

«Почему так нервничал генерал?» — подумал Мон-Со и торопливо пошел за ним.

УРФИН ПОМОГАЕТ АРЗАКАМ

Урфин за всем наблюдал и все замечал. Приключения менвитов с Черными камнями Гингемы казались ему неоконченными, нет-нет да снова возвращался он к ним в мыслях. И вот однажды отправился к Великой пустыне. Он не боялся магической силы Черных камней. Когда-то он был помощником злой колдуньи Гингемы, и поэтому на него не действовали их волшебные свойства.

С собою Джюс взял пилу, скорее, по привычке — единственно, чтобы иметь какой-то инструмент под рукой. Не тут-то

159

было. И дело не в огромных размерах каменных исполинов. Пилою камень не распилишь, тем более волшебный. Пила не оставила на нем даже царапины. Урфин взобрался на черное творение Гингемы и уселся поудобней. Он вспоминал одно за другим действия колдуньи. Как ни силился знаменитый огородник, ни одного зловещего заклинания не приходило на ум, все зелья позабылись. Да и зло злом не разрушишь. Внезапно его осенила великолепная мысль:

«А что, если развести костер и подогреть этот камешек? Все колдовство начинается с огня».

Так он и сделал. Притащил на тачке вязанки дров. Разложил гигантский костер, на центр которого пришелся Черный камень.

Костер разгорелся на славу. Языки пламени целиком объяли исполина, разогревая его больше и больше.

Вдруг надпись «Гингема» оплавилась и начала пропадать. Урфин не на шутку испугался: что, если он перестарался и все волшебство колдуньи сейчас испарится? Как угорелый помчался он за ключевой водой, а потом принялся бегать вокруг камня, выплескивая на него содержимое ведер и бочонка. Черный исполин весь загудел, напрягся и рухнул, рассыпался на мелкие кусочки. Но что самое удивительное — на каждом кусочке красовалась надпись «Гингема». Урфин несказанно обрадовался. Лучшего нечего было и желать. В несколько рейсов перевез он кусочки развалившегося волшебного камня к своему дому.

С тех пор он искал случая воспользоваться заколдованными обломками.

Джюс весело катил тачку с овощами по лесной тропинке. Огурцы, клубника, орехи радовали своим видом даже искушенное огородной премудростью сердце. Если бы не дума, тяжелым грузом лежавшая на душе Урфина.

«Как забрать изумруды у предводителя менвитов? — гадал он. — Ведь у него накопилось столько, что можно помочь освободить целый народ — арзаков на далекой Рамерии».

Размышляя, Джюс вспомнил листок, который похитила у Баан-Ну ворона. Кагги-Карр полагала тогда, что перехватила план важной военной операции. Когда же Ильсор

прояснил текст, все оказалось забавным: и генерал, и его выдуманные приключения. Сочинения вояки-фантазера не вызвали интереса, забылись, а Джюс запомнил, что генерал любит приключения.

«Ну что же, — думал огородник, — надо устроить Баан-Ну приключение с камнями Гингемы».

Как ни мелки были волшебные обломки, все же каждый не меньше булыжника, а как такой незаметно вручишь Главному менвиту? Если же булыжник оставить где-нибудь в сторонке, генерал не обратит на него никакого внимания. Камень ничем, кроме надписи, внешне не примечателен.

В замок-то подарок Гингемы можно доставить вместе с овощами, задача нетрудная. Но что дальше?

Не единожды пришлось Урфину покатать тачку от своего огорода до замка и обратно, прежде чем у него созрел план действий.

Как-то на кухне он слышал от повара-распорядителя, который переговаривался с часовым, что генерал накопил гигантскую коллекцию изумрудов. К тому времени Джюс мог кое-как объясняться на языке менвитов, а о чем они говорили между собой, понимал достаточно хорошо.

— Возможно, ваш генерал богат, — пробормотал Джюс как бы про себя, — но навряд ли его коллекция может сравниться с сокровищами из тайника Гуррикапа.

— А где эти сокровища? — немедленно заинтересовался повар.

— Да здесь, у вас, — объяснил Джюс, — тайник в замке, но тщательно замаскирован. Никто не знает его местонахождения.

— А ты откуда знаешь?

— Мудрый странник прочитал в одной старой книге.

С того часа повар-распорядитель и часовой, вооружившись металлическими палками, бродили по замку, обстукивали стены и пол, тщетно пытаясь найти тайник.

В одно прекрасное время стук привлек внимание Баан-Ну. Повара сразу же доставили к генералу. На допросе бедняга сознался, что разыскивал тайник.

— Ты веришь в эти басни? — усмехнулся Бан-Ну, но

мысль о сокровищах крепко засела в его голове, и он захотел сам поговорить с огородником. Такой случай вскоре представился. Генерал подкараулил Урфина, когда тот вновь привез в замок овощи и фрукты, и затащил его в свой кабинет.

— Что тебе известно о тайнике Гуррикапа? Где его искать? — нетерпеливо спрашивал он.

Урфин ждал вопросов.

— Знаю только, что тайник находится в одной из башен замка, — отвечал огородник, — замурован камнем с надписью «Гингема». Но Гуррикап мог заколдовать сокровища. Как бы там ни было, никто в нашей стране никогда не пытался искать их.

«Жалкие трусы! Впрочем, это даже хорошо. Я сам овладею всеми сокровищами», — подумал Баан-Ну, а вслух сказал:

— Урфин, попрошу тебя больше никому не говорить об этом.

Чтобы облегчить генералу поиски, Джюс заменил несколько старых обветшалых камней на более крепкие с надписью «Гингема». План, который придумал Урфин, чтобы отнять изумруды у предводителя менвитов, походил на рыбную ловлю несколькими удочками, отстоящими далеко друг от друга.

На следующее утро огородник оставил на кухне принесенные им плоды, а затем, прошмыгнув мимо часового, обошел свои камни-удочки. В одном из темных закоулков замка он увидал то, что предвидел наперед: генерал корчился в неестественной позе, рядом с ним стоял подсвечник. Свеча успела оплавиться только на четверть: значит, Баан-Ну угодил в ловушку недавно. Он молча силился оторвать руку от камня, но не мог. Страх и жадность боролись в его душе. Страх говорил: «Зови на помощь, самому тебе не вырваться», а жадность шептала: «Позовешь на помощь, придется сокровища поделить. Лучше поднатужься и освободись сам».

Пока страх не одолел жадность, Урфин бросился в кабинет генерала, отыскал ключи от сейфа и мигом пересыпал содержимое шкатулки в мешок. Шкатулки он наполнил булыжниками. В путь к дому огородник пустился с тяжелой тачкой, но везти ее было легко — в руках Урфина оказались средства, способные освободить целый народ.

Припрятав изумруды, Джюс поспешил снова в замок, громко громыхая тачкой. Свеча успела погаснуть, но Баан-Ну еще молчал, не теряя надежду вырваться. Заслышав шум тачки, Главный менвит окликнул огородника. Урфин пришел и помог генералу освободиться от камня. Пока Баан-Ну приходил в себя в своем кабинете, Урфин заменил камни Гингемы на обычные.

Но еще долго по замку тайно друг от друга бродили генерал и повар-распорядитель, разыскивая тайник Гуррикапа. Баан-Ну никак не мог вспомнить то место, где неведомая сила, исходившая от камня с надписью «Гингема», продержала его несколько часов.

ТРЕВОЖНОЕ ОЖИДАНИЕ

В эти трудные для Волшебной страны дни продолжала вестись напряженная и совершенно незаметная для менвитов-завоевателей работа под землей.

Бригады Лестара и Ружеро жили одной неотвязной мыслью: «Вода, вода, Усыпительная вода. Она должна появиться в лагере Пришельцев».

Той же мыслью о воде было занято серое усатое войско; мышиные мордочки шныряли уверенно и торопливо; подданные Рамины добросовестно справлялись с работой. Одни по-прежнему рыли землю, другие таскали ее подальше.

Ружеро и Лестар не являлись новичками в такого рода труде. Именно они восстанавливали источник, когда вода ушла из него по вине, правда случайной, прислужника злых сил Руфа Билана. Дело происходило еще при семи подземных королях, которым возвращение воды объяснили волшебством Элли.

На самом деле дуболомы под руководством Ружеро и Лестара опускали колонну труб в землю до тех пор, пока

не нащупали водоносный слой. Со временем неустойчивые горные породы рухнули, раздробив глиняные трубы, по которым поднималась вода. Решили выкопать колодец и убрать обломки труб. Колодец получился довольно глубоким и, чтобы земля не посыпалась и не рухнула, стены его укрепили брусьями. Брусья доставляли сверху, из страны Жевунов. Тут уже правитель Жевунов Прем Кокус постарался вовсю. Действовать приходилось чрезвычайно осторожно. Пришельцы вполне могли починить вертолеты и с их помощью вести наблюдения. Обитатели Гудвинии, перевозившие брусья, маскировались. Груз накрывали травой, и выходило, будто фермеры везут сено. Конечно, прокладчики подземного водопровода волновались. Никто не знал, пойдет ли Усыпительная вода по трубам. Надеялись на механика Лестара, — у него изобретательная голова, он на выдумку горазд. А если нет, тогда и подумать страшно.

Взрыв звездолета — последнее средство, предложенное Каннингом, — не желателен. Никто ведь понятия не имеет о последствиях катастрофы.

Возможно, рухнет замок Гуррикапа, погребя под обломками менвитов. Но погибнут и арзаки. Даже если их известить о времени взрыва, все равно всем незаметно скрыться не удастся. Погибнет Синий домик с Ментахо и Эльвиной.

Альфреда пугало и другое: что, если от сотрясения

166

обвалятся своды Подземной пещеры, раздавив старинный, семи цветов радуги дворец подземных королей. Перестанет существовать неповторимое чудо природы.

И все же мина была заложена Ильсором на «Диавоне».

Вот когда звери и птицы начали переселение подальше от замка Гуррикапа. Страх за будущее вывел на одну тропу белохвостых оленей и чернохвостых зайцев. По соседству с ними мягко ступали ягуары, похожие на тигров, и горные львы — пумы. Рыжие гривастые волки шли за медведями-исполинами с черной пушистой шерстью и белыми отметинами вокруг глаз, казавшимися большими очками. Стремительно скакали антилопы. А еноты неторопливо брели, останавливаясь перед каждым ручьем, чтобы пополоскать в воде то ягоды, то орехи. Не слышалось ни лязга зубов, ни злобного рычания. На время переселенцы стали добрыми соседями. Птицы, охваченные тем же предчувствием беды, покидали свои леса. Вслед за птицами и зверями лесными дорогами двинулись люди. Только угрюмые совы да филины — ночные хищники не поддались общему переполоху и остались в родных гнездах.

Внезапное переселение не укрылось от глаз Пришельцев. При виде опустевших лесов и селений в окрестностях замка у них кошки скребли на душе. Местность, где они обитали, вдруг показалась им тонущим кораблем, с которого бежит все живое. Почему все спасаются бегством? Уж не почуяли они какое-нибудь стихийное бедствие вроде извержения

вулкана или землетрясения? Надо быть начеку, как бы не погибнуть в этой неизвестной стране.

Между тем работы под землей продолжались с неослабевающим темпом. И вот наступил момент, когда водопровод для Усыпительной воды подсоединили к колодцу. Мыши, у которых был тонкий нюх, сами захотели, чтобы их опустили в колодец в клетках. Теперь оставалось ждать. Если Усыпительная вода проникнет в колодец, мыши заснут.

Переселенцы нашли приют в Желтой стране — владениях доброй феи Виллины. Придется ли изгнанникам вернуться в родные края или остаться там навсегда — зависело от мышей.

МЫШИ ЗАСНУЛИ!

Дело было ночью. Неизвестно уж как, его не отпускали, но Тим пробрался к колодцу. Он осторожно приложил ухо к стенке и ничего не услышал. Вернее, услышал слабый свист.

«Уж не сопят ли это мыши во сне?» — подумал Тим. Он быстро вытянул за веревку сначала одну клетку, затем другую. Остроглазый мальчишка заметил даже в темноте, что зверюшки лежат в клетках, беспомощно раскинув лапки. Опрометью он бросился к входу в подземелье, влетел в него и громко закричал:

— Спят, спят! Наконец-то они заснули! Вода пошла!

Ружеро как раз находился внизу. Мастер подбежал к Тиму и бережно принял у него клетки. Он пощекотал травинкой носы мышей, подергал их за хвосты, за лапы — серые зверюшки не проснулись. Ружеро приходилось прежде усыплять подземных королей, и он понял — мыши спят не обычным, а очарованным сном.

Это известие, от которого зависело, может быть, само существование Волшебного государства, укладывалось всего в два слова:

— Мыши заснули!

Ружеро хотел было отправить сообщение в Изумрудный город обычным путем по птичьей эстафете, но птицы покинули

168

близлежащие леса. На счастье, у ручья он увидел филина Гуамоко. Тот сразу оценил важность вести и без промедления принес ее Кагги-Карр. С появлением Гуамоко Страшила поднял на ноги всех жителей Изумрудного города. Фарамант, Дин Гиор, Энни, Тим, Кагги-Карр — все они бегали, прыгали, стучали (даже Гуамоко своим крепким старым клювом) в дома жителей, передавая, как пароль, два слова:

— Мыши уснули!

К тому времени население города знало, что это значит. В Изумрудном городе жили маленькие доверчивые люди, которые всей душой хотели, чтобы Пришельцы убрались восвояси, поэтому они ни за что на свете не сказали бы менвитам правду об Усыпительной воде. Радость радостью, а медлить было нельзя. Мина-то оставалась заложенной на звездолете. Ильсору предстояло вынести мину или хотя бы разобрать ее механизм. Но прежде вождю арзаков надо передать, что «мыши уснули».

Путь к Ильсору не так уж далек, но опасен. И нельзя посылать одного гонца, мало ли что может случиться в пути. Случайности были учтены, и одновременно из города отправились Железный рыцарь, дракон Ойххо и семь, чтобы удачнее был поход, деревянных курьеров.

Тилли-Вилли мчался по дороге, вымощенной желтым кирпичом. В кабине у него сидел Фарамант и болезненно охал при каждом прыжке, он ведь не Лестар, который привык за годы дружбы с великаном к подобным скачкам. Железные ступни Вилли выбивали ямы огромной глубины. Но что за беда? Ямы можно заделать, лишь бы вовремя доскакать.

Тилли-Вилли озорно напевал:

— Мыши заснули, клянусь рифами; мыши заснули; мыши заснули, клянусь отмелями; мыши за-асну-у-ули!..

Над лесами и полями летел дракон Ойххо; на его спине находился сам Трижды Премудрый.

Да, Правитель Изумрудного города оставил трон, подданных и друзей. Он спешил спасти сказочную страну, ее поля и леса, а главное, обитателей.

Страшила подпрыгивал на сиденье в такт взмахам драконьих крыльев и распевал:

— Эй-гей-гей-го, мыши заснули, заснули, заснули-и-и!

Время от времени он поглядывал вниз и, если Тилли-Вилли отставал хоть самую малость, победоносно выпрямлялся, а если рыцарь вырывался вперед, гневно топал ногами, понукал Ойххо лететь быстрее. Ничего тут не поделаешь, добрый Страшила был очень обидчив.

Звериными тропами следом за рыцарем бежали деревянные курьеры. Шаги их не были так велики, как у Тилли-Вилли, зато ноги мелькали, как спицы велосипедного колеса, а деревянные тела-стволы, казалось, летели по воздуху.

Слова донесения им приказали повторять, чтобы не позабыть, и они без передышки гомонили:

— Мыши заснули, мыши заснули, мыши заснули!..

Бег наперегонки разбудил в гонцах чувство азарта, один старался обогнать другого. И когда такое кому-нибудь удавалось, тот, чья брала, дразнил соперников:

— Улитки! Черепашьи дети! Раки бесхвостые!

Игра достигала наивысшего предела, если Тилли-Вилли, не желая отставать от Страшилы, приостанавливался, чтобы отыскать в небесах Ойххо, а в это время кому-нибудь из курьеров удавалось, правда, ненадолго, вырваться вперед. Деревянные гонцы поднимали тогда невообразимый визг.

Это очень удачно получилось, что одновременно три разных посланника — Тилли-Вилли, дракон и курьеры отправились в путь. А все догадливая голова Страшилы.

Казалось, прямо с неба слетают слова, которые потом несутся по всему пути следования по земле, повторяясь эхом:

— Мыши заснули, мыши заснули, мыши заснули!..

На пути курьеров не встало серьезных препятствий. Только Большую реку Тилли-Вилли перешел вброд (он боялся сломать мост), вода в самом глубоком месте достала ему до плеч. Фарамант поеживался, слушая, как плещутся волны, разбиваясь о железную грудь великана. Хорошо было дракону — он не обратил никакого внимания на блеснувшую внизу голубую полосу.

Деревянные гонцы, переходя мост, немного отстали от своих соперников. Зато, очутившись на твердой земле, припустились во всю прыть.

В Волшебной стране давно наступила ночь. Дорога, мощенная желтым кирпичом, кончилась, а значит, не было больше фонарей с качающимися лампами, освещавших путь в темноте. Тилли-Вилли и деревянные посланники поневоле замедлили бег, даже Ойххо стал тише взмахивать крыльями: ночью легко было потерять нужное направление и залететь не туда, куда нужно. Песни стихли, молчали семь курьеров. И все-таки гонцы точно держали путь к цели, словно их притягивали невидимые магниты.

Никто не перегнал друг друга, все явились к павильону Гуррикапа одновременно.

СВОБОДА

На следующий день ясно было одно: жизни арзаков спасены, избавлены от смерти Ментахо с Эльвиной, уцелел замок Гуррикапа, остался невредим корабль «Диавона». На нем в случае удачи возвращаться на Рамерию Ильсору и его товарищам.

В тот же день взятая из ранавирского колодца волшебная вода оказалась во всех кушаньях менвитов. Никто не знал,

какая доза подействует на их мощные организмы, поэтому арзаки подливали воду, не жалея, и в суп, и в соусы, и в морсы.

Обед проходил как обычно. Волнения арзаков не было заметно, они спокойно разносили стряпню, может, только глаза их смотрели более внимательно, чем всегда. Повара-арзаки готовили вкусно, на аппетит менвиты не жаловались, стало быть, и в этот раз ели много. Результаты не замедлили сказаться. Обед еще не закончился, а менвиты — тут и летчики во главе с Мон-Со, охрана звездолета, подмененная Ильсором арзаками, врач Лон-Гор и сам Баан-Ну — мирно спали, уронив головы на столы.

Не усыпили одного лишь штурмана Кау-Рука. В последнее время было видно, что Баан-Ну его только терпит, и он сам держался в отдалении от генерала и других менвитов.

Ильсор слышал от Баан-Ну, что тот передаст Кау-Рука, едва они вернутся на Рамерию, не кому-нибудь, а в руки Верховного правителя Гван-Ло, — штурман, по-видимому, понесет строгое наказание за самовольный уход от битвы с орлами. Его даже могут приковать в Рамерийской пустыне к камню и оставить одного. И дальше уж, по менвитским законам, его дело — выжить.

— Мой полковник, — обратился Ильсор к штурману, — согласны ли вы помочь арзакам?

— Согласен, — не раздумывая, ответил Кау-Рук. — Я давно приглядываюсь к вам, Ильсор, и все больше уважаю вас. Когда я бродил тут в тиши, без всяких занятий, я подумал: не всегда же вы будете пребывать в положении слуги, очевидно, это вам нужно... И теперь пришло время перемен?

— Я предлагаю вам быть среди нас, арзаков, — сказал Ильсор. — А задание такое — вместе со мной вести звездолет на Рамерию. Но там рассказывать о событиях, которые вы знаете, лишь так, как скажем мы.

— Я охотно выполню все ваши поручения, — ответил штурман. — Однако не могу обещать быть с вами, я как-то привык сам по себе.

На том и порешили. И тогда на базе Ранавир раздались сначала несмелые, даже удивленные возгласы:

— Свобода? Свобода?

173

Потом голоса зазвучали уже более решительно:

— Свобода! Свобода!

Арзаки, не сговариваясь, бросились друг к другу, поздравляя себя; они обнимались и целовались, плакали, а некоторые, словно Страшила Премудрый в минуты радости, пустились в пляс.

Ильсору, отважному вождю рабов, целые годы рисковавшему жизнью, потому что в любой момент могло раскрыться, что он вождь, выпали особые почести. Арзаки принесли мантию, которая была спрятана на «Диавоне» даже не в специальных тайниках, а среди прочей одежды, ведь менвиты все равно не угадали бы ее предназначения.

И вот он, Ильсор, вождь своего народа, стоит в голубой мантии с золотыми звездами. В голубую мантию, по обычаям арзаков, облачают по особо торжественным случаям, если кто-то из людей заслужил самого высшего звания, каким награждают в стране арзаков, — Друга народа. На этот раз высшее звание выпало вождю. Ильсор так горд, что оправдывает свое имя — Прекрасный. Добрым светом сияют и оттого тоже прекрасны его черные блестящие глаза.

Арзаки внимают каждому слову Ильсора, его приказания выполняют точно и беспрекословно.

Первый приказ вождя такой. Никто не знает, как долго будет действовать Усыпительная вода на менвитов. Вдруг они проснутся очень скоро. Земляне спали по нескольку месяцев и пробуждались, подобно ничего не ведающим младенцам. Менвиты могли проснуться через несколько часов и как ни в чем не бывало приняться за свои дела.

Потому Ильсор распорядился немедленно перенести спящих избранников на «Диавону», погрузив их в те самые отсеки сна, в которых инопланетяне совершили путешествие к Земле. Так и было сделано. К утру все менвиты, находясь в состоянии волшебного сна, были охлаждены в барокамерах, где сон продолжается десятки лет.

— Вот так-то надежнее! — сказал Ильсор.

Пожалуй, настало время для сообщения в столицу Рамерии Бассанию. Оно было согласовано со штурманом Кау-Руком и выглядело так:

«Верховному правителю Рамерии, достойнейшему из достойных Гван-Ло. По поручению командира сообщаю. На Земле нет жизни. Существовать в тяжелых условиях, не снимая скафандров, дальше не представляется возможным. Экипаж одолел непонятный сон. Возвращаемся назад.

Заместитель командира, звездный штурман Кау-Рук».

К ДАЛЕКОЙ ЗВЕЗДЕ

После того как Усыпительная вода выполнила свою задачу, краны завернули, а у волшебного источника, как обычно, поставили сторожа.

— Да, загадочная вещь — ваш источник, — задумчиво сказал Ильсор. — В нем содержатся наверняка еще не открытые вещества; они-то и усыпляют.

— Вот бы вам такой воды побольше на вашу планету. Здорово, да? — сказал Тим, у него даже глаза заблестели. — Вы бы всех господ менвитов усыпили.

— Возьмите воды с собой побольше, — попросила и Энни.

175

— Сколько нужно, не возьмешь, — вздохнул, улыбаясь горячности ребят, Ильсор. — Да и не довезешь. Вы же сами знаете: долго она не хранится, теряет чудесные свойства.

Все было готово к тому, чтобы «Диавоне» отправиться в обратный путь к далекой Рамерии. Оставалось лишь попрощаться.

— Вы не забыли, Ильсор, — напомнил Альфред Каннинг, — всех вас ждет к себе Страшила.

Ильсору и его друзьям самим хотелось побывать в Изумрудном городе. Познакомиться с Железным Дровосеком и Смелым Львом, увидеть своими глазами знаменитую бороду Дина Гиора и не менее известные зеленые очки Стража Ворот. Верно же говорят: лучше один раз увидеть, чем сто раз услышать.

Арзаки выбрали наименее пострадавшие в битве с орлами отремонтированные механиками вертолеты. К одному из них направился Ильсор. Он уже взялся за руль управления, как его опередил штурман Кау-Рук, который поднялся за Ильсором вместе с группой арзаков.

— Разрешите, — сказал он, — я знаю дорогу в Изумрудный город.

— Погодите! Не трогайтесь, — проговорил кто-то звонким голоском с земли у самого трапа.

Вождь арзаков и штурман, нагнув головы, поглядели вниз, да Кау-Рук так и остался стоять не разгибаясь: он никогда еще не видел таких крошечных людей. На земле копошились гномы в серых плащах и разноцветных колпаках. В руках они держали удилища из тростинок. Впереди всех стоял Кастальо в красном колпаке.

— Вы от нас чего-то хотите, друг Кастальо? — спросил Ильсор старейшину гномов.

— Как же чего? Странный вопрос! — обиделся гном. — Мы собрались к себе, в свою Пещеру. Сюда-то нас доставил рыцарь Тилли-Вилли, у него вон какие длинные ноги!

— Ах, только-то? — рассмеялся Ильсор. — Вы хотите домой. Так забирайтесь в кабину вертолета. Садитесь. Друзья мои, — обратился он к арзакам, — помогите же!

Один из арзаков сбежал по трапу и принялся осторожно собирать в корзину человечков в серых плащах. Другой арзак располагал всех по местам. Гномы заполнили вертолет. Они крутились на сиденьях и под сиденьями, усаживались, подстелив плащи, прямо на полу, устраивались даже на коленях Тима и Энни. Хоть и были они умудренные опытом и годами, все равно к озорству остались неравнодушными, любили визжать, хохотать, толкаться.

Сколько было крика, визга и смеха, когда вертолет отделился от земли и поплыл по воздуху!

Гномы видели бесконечную синеву неба, над которой громоздились снежные комья облаков. Внизу простиралась такая же бесконечность полей и лесов, окрашенная в зеленый цвет. Непривычно тихо, наверное, было бы наверху, если б вертолет не стрекотал да не гомонили сами человечки. Гномы чувствовали: может, всю жизнь отныне вспоминать им этот полет, слишком радостно им было. Кастальо, расположившись на плече Кау-Рука, указывал дорогу к бывшим владениям Арахны, туда, где в продолжение тысячелетий жили их деды, прадеды и прапрадеды. Путешествие получилось веселое, было жаль, когда оно кончилось, но всему когда-нибудь

177

приходит конец. Гномы простились со своими друзьями, и вертолет взял курс на Изумрудный город.

Традиция, заведенная Гудвином, и на этот раз была соблюдена: Страж Ворот вручил гостям зеленые очки. А потом проводил всех в пиршественный зал Изумрудного дворца. Столы уже накрыли: там происходил настоящий парад закусок, но для гостей важнее был другой парад — чудес.

Арзаки с живым любопытством рассматривали Соломенного Страшилу и Железного Дровосека, их поразила колоссальная голова Тилли-Вилли с раскосыми глазами и страшными клыками, видневшаяся в раскрытое окно, их изумила почетная стража вдоль стен зала, вырезанная явно из деревянных стволов с сучьями, но ходили и говорили стражи совсем как люди.

«Как могут двигаться, мыслить, разговаривать эти необыкновенные существа из соломы, дерева и железа? — думали гости. — Поистине, земляне раскрыли секреты, еще недоступные нам, рамерийцам, поистине, Земля — планета чудес...»

Арзаки не знали, разговора об этом так и не зашло, что они находятся в Волшебной стране и что всех землян, обитающих за горами, страна Гуррикапа поразила бы так же, как и их. С нескрываемым интересом слушали гости Смелого

Льва и не менее смелую ворону Кагги-Карр, которые, как равные, вместе со всеми расположились за столом и храбро вступали в общий разговор.

— Дорогой Ильсор, — сказал Лев, — хорошо бы и у вас на Рамерии люди дружили со зверями, как в нашей стране.

— И с птицами тоже, — пожелала Кагги-Карр. — Конечно, я побывала в Большом мире, но так высоко, как полетите вы, мне еще возноситься не доводилось.

ТО БЫЛ ВЗАПРАВДУ
ДЕНЬ СЮРПРИЗОВ!

Страшила хлопнул в ладоши, растворились парадные двери, вошел Дин Гиор. Его золотистая борода после непрерывного причесывания блестела как шелковая. В руках фельдмаршал держал серебряный поднос, на котором поблескивали алмазами ордена, совсем новые, только что изготовленные мастерами Мигунами.

— Я считаю своим долгом заявить, — торжественно проговорил Страшила, — что Альфред Каннинг и Ильсор проявили весьма ценную и-ни-ци-а-ти-ву. И мы просто должны наградить каждого из них орденом, который так и называется: «За инициативу!»

Присутствующие переглянулись, выражая восторг: давно уж Страшила не произносил таких мудреных слов. Страшила прикрепил награды. А перед гостями предстал Джюс с филином на плече и с большим серебряным блюдом — знаменитый огородник, как представил его Страшила. Впрочем, Урфина арзаки не раз видели спешащим к кухне замка Гуррикапа. Потом слышали о переполохе с кражей изумрудов. Отнятые у Баан-Ну камни сверкали на блюде. Филин брал изумруд за изумрудом с подноса и передавал огороднику. Джюс, преисполненный гордости, дарил зеленые переливчатые драгоценности арзакам.

— Смотрите, больше не поддавайтесь власти менвитов, — приговаривал он.

Все это было слишком торжественно, арзаки растерялись

от таких почестей. И в то же время их охватила безудержная радость. Они привезут на Рамерию могучее средство борьбы, их соплеменники освободятся от рабства, наступит такой великий день.

Конечно, на пути к нему еще много препятствий. И прежде всего, как объяснить свое возвращение на Рамерию?

Самый прекрасный вариант, если после пробуждения менвиты окажутся во власти чудесной воды. Тогда в полете им можно внушить любую историю, в которую они поверят.

Если же с внушением не получится, ничего не поделаешь, придется арзакам спустить «Диавону» в Рамерийской пустыне и самим раствориться среди соплеменников, прежде чем на их след нападет менвитская полиция.

Время отлета настало. В Ранавир проводить Ильсора и других арзаков пришли Страшила и Дровосек, Лев и Тилли-Вилли, фельдмаршал Дин Гиор и Страж Ворот Фарамант, ворона Кагги-Карр и королева мышей Рамина; Урфин Джюс с неразлучным Гуамоко, Ментахо с Эльвиной и даже доктора Бориль и Робиль; были тут орел Карфакс и дракон Ойххо. Рядом с необыкновенной компанией, какую вряд ли сыщешь еще во Вселенной, стояли люди из-за гор: Энни Смит, Тим О'Келли, Фред Каннинг.

Расставание с арзаками, как и всякое расставание, было печальным. Смешными и неуместными выглядели бы здесь обещания писать друг другу.

Может, когда-нибудь оставленный Ильсором передатчик оживет и примет привет с далекой Рамерии. Может быть... А пока оставалось ждать.

Друзья простились так, как прощаются навек.

Укрывшись в безопасном месте, провожающие наблюдали, как в снопах пламени «Диавона» дрогнула, поднялась, словно гигантское чудище, сначала медленно, потом все быстрее, и вот, на миг еще раз мелькнув, исчезла совсем, оставив за собой клубы желтого дыма.

Энни, Тим, Альфред благополучно вернулись домой, их доставил, как обычно, дракон Ойххо.

И побежало время — секунды, минуты, часы...

Гостям из Большого мира часто снилась Волшебная

страна, ее необыкновенные жители. Наяву их взгляд нередко обращался в сторону Кругосветных гор.

В ясные зимние вечера и летние ночи они не раз, не сговариваясь друг с другом, выходили из домов и смотрели на темное небо, где вблизи созвездия Орион горела холодным голубым светом планета Рамерия. И тогда они думали о людях с небесными лицами, ставших им такими близкими...

ДОРОГИЕ ЧИТАТЕЛИ!

Вот и закончились удивительные приключения наших друзей в Волшебной стране, о которых поведал нам замечательный детский писатель Александр Мелентьевич Волков. Над серией из шести повестей-сказок он работал более двадцати лет. Много всяких событий происходило в стране за высокими горами. Порой казалось, что не совладать нашим друзьям с врагами. А врагов было много. В первой повести-сказке «Волшебник Изумрудного города» — это повелительница злых волков и летучих обезьян Бастинда, в книге «Урфин Джюс и его деревянные солдаты» — угрюмый, честолюбивый столяр со своим свирепым войском, в «Семи подземных королях» — жившие в пещере злые и ленивые короли, в «Огненном боге Марранов» — опять же хитроумный Урфин Джюс, в «Желтом тумане» — огромная, с сосну ростом, злющая великанша Арахна и, наконец, в этой книге — завоеватели-инопланетяне.

К сожалению, Александр Мелентьевич Волков не дожил до выхода в свет этой книги, и я, художник, проработавший с ним многие годы, взял на себя смелость написать это послесловие. Возможно, что, заканчивая последнюю повесть о своих героях, А.М. Волков предоставил бы слово своему любимцу, милому и добродушному Страшиле. И тот бы, наверное, сказал: «Нам грустно расставаться с вами, дорогие мальчики и девочки. Помните, что мы учили вас самому дорогому, что есть на свете, — дружбе!»

Леонид Владимирский

182

СОДЕРЖАНИЕ

УСЫПИТЕЛЬНАЯ ВОДА

Литературно-художественное издание

Для младшего школьного возраста

Александр Мелентьевич Волков

ТАЙНА ЗАБРОШЕННОГО ЗАМКА

СКАЗОЧНАЯ ПОВЕСТЬ

Директор издательства *Бартенев О.С.*

Редактор *Трифонова О.Ф.*

Технический редактор *Курочкина М.Н.*

Компьютерная верстка *Матвеев М.Е., Шилов О.А.*

Лицензия № 02380 от 28.03.1997 г.

Гигиенический сертификат № Д-480 Центрального органа по гигиенической сертификации издательской продукции, выдан 10.01.97 г. сроком до 15.01.98 г. Подписан Л.М. Текшевой.

Подписано в печать 25.11.97 г. Формат 70х90/16. Бумага офсетная № 1. Гарнитура Литературная. Печать офсетная с готовых диапозитивов. Усл. п. л. 13,34. Тираж 25 000 экз. Заказ № 5852.

ООО «Издательство «Астрель» Лтд».
Республика Ингушетия, 366720, г. Назрань, ул. Фабричная, д. 3.
E-Mail: astrel@aha.ru

АООТ ТПК, 170024, г. Тверь, пр. Ленина, 5.

По вопросам оптовой закупки обращаться: тел. (095) 524-31-97 факс (095) 215-38-02 «АСТ-АСТРЕЛЬ»